JEAN

Né en 1964, Jea̶ __ _____ d'anglais dans un lycée à côté de Troyes. Après son premier roman, *Accès direct à la plage* (Delphine Montalant, 2003), qui a rencontré un vif succès, il a publié plusieurs romans, *This is not a love song* (Robert Laffont, 2007), *Le baby-sitter* (Buchet/Chastel, 2010), *G229* (Buchet/Chastel, 2011) et récemment *Et rester vivant* (Buchet/Chastel, 2011). Il a écrit aussi des romans pour adolescents, comme *Blog* (Actes Sud junior, 2010) et *(Re)play !* (Actes Sud junior, 2011).

G229

# JEAN-PHILIPPE BLONDEL

# G229

BUCHET • CHASTEL

© Buchet/Chastel

ISBN : 978-2-266-21914-3

*À ma femme et mes filles,*
*à Sara,*
*et à Édouard Herriot.*

Il est dix-neuf heures trente. 3 décembre. La nuit est tombée depuis longtemps. Le conseil de classe vient de se terminer, trente-cinq élèves, une heure et demie, ça a été rondement mené. Je suis sur le point de rejoindre le parking. Je parle avec ma collègue de lettres. Elle se désole parce qu'elle va passer le week-end sur ses copies. Je lui réponds que c'est pareil pour moi et, au même moment, je me rends compte que je les ai oubliées dans ma salle, les copies. Je suis parti trop précipitamment tout à l'heure. J'ai laissé le tas de devoirs sur le bureau. Je le revois très nettement, maintenant. Je lance une injure tonitruante. Je cours voir la concierge. Elle me rappelle qu'à cette heure-ci tout est fermé. Je parlemente. Je négocie. Elle cède. Elle dit : « C'est bien parce que c'est vous, hein ! » J'ai quarante-cinq ans. J'enseigne dans ce lycée depuis vingt ans. Elle est là depuis l'ouverture. Nous avons traversé les grèves de 1995 ensemble. Je sais qu'elle y pense en me tendant les clés. Elle ajoute : « Mais vous faites vite, hein ? Moi, j'ai pas que ça à faire et, à huit heures, je mets l'alarme dans tous les bâtiments ! » Je souris. Une demi-heure, c'est bien plus qu'il n'en faut. Dix minutes tout au plus pour traverser la cour, monter au deuxième étage, longer le couloir, ouvrir la troisième porte sur la gauche. Et récupérer mon bien.

Je passe par les escaliers extérieurs. Sur les marches, les restes d'un vendredi. Un paquet de gâteau à moitié écrasé. Un gant en laine. Il n'y a pas si longtemps, il y avait des mégots partout. C'est fini désormais. Une image, soudain. Moi, dans la cour, en train de fumer avec des élèves de première. C'est comme de la science-fiction. En montant les marches, je fais un rapide calcul. Ces trois élèves-là, Adrien, Élise et, ah comment s'appelait-elle déjà, avaient seize ans, on devait être au milieu des années quatre-vingt-dix, j'ajoute quinze et je retiens un. Trente. Trente et un. Oui, c'est ça. Trente et un. J'ai bu un café avec Adrien l'année dernière. Il venait voir ses parents, nous nous sommes rencontrés dans l'avenue Gallieni. Nous avions un peu de temps. Nous avons parlé, mais je ne me souviens plus exactement de ce qu'il a raconté. Je me rappelle seulement qu'il était chauve – et que je me répétais de ne pas le dévisager. Impoli. Déplacé. Et les mots qui montent, un début de roman. « Je ne m'étais jamais imaginé qu'un jour Adrien serait chauve. »

Le couloir – noir comme jamais. J'appuie sur l'inter-rupteur. L'éclairage est violent. Une lumière de cham-bre d'hôpital. Les néons grésillent. Un frisson monte le long de mon dos. La phrase d'accroche d'*Alien*, au début des années quatre-vingt. Dans l'espace, personne ne vous entend crier. Pourtant, ce n'est pas de la peur que je ressens. C'est un malaise diffus. Les couloirs ne sont jamais vides, en temps normal. Même le matin, quand j'arrive à huit heures moins le quart. Il y a les agents de service qui nettoient, des internes qui révi-sent, assis par terre, pour l'interro de maths en première heure. Un surveillant qui fait les cent pas, en attendant la sonnerie libératrice qui le propulsera de nouveau dans la chaleur réconfortante du bureau de la vie scolaire.

Le bruit de mes pas qui résonnent. Je touche les clés au fond de ma poche. C'est un trousseau encombrant et inutile. J'y ai collectionné des clés qui ne me servent à rien – celle du laboratoire de langue de l'IUT où j'ai donné des cours en vacation il y a cinq ans, celle de mon ancien casier, celle du portail, au temps où il n'était pas électronique, et puis d'autres, dont l'usage m'échappe aujourd'hui. Toucher le fer cranté me rassure. Je sais instinctivement qui je suis, dix-huit heures par semaine, dix mois par an. Ce cadre-là m'est important. Ma place dans le monde. À un moment donné, pour une période donnée.

J'ouvre la porte de la salle. Elle est sombre, sans être obscure. Les réverbères de l'avenue Général-Leclerc la baignent d'un halo orange. Je reste un instant interdit. Je ne sais plus ce que je suis venu chercher. Je remarque que la porte de l'armoire est restée ouverte. Un paquet de feuilles est tombé. Je bute sur la poubelle. Personne ne comprend pourquoi elle est placée là, à l'entrée, et pas à côté du bureau ou devant le tableau. Personne, sauf moi et mes élèves. Parce qu'ils savent que la poubelle est un obstacle et que l'un de mes premiers gestes, le matin, est de déplacer ce qui pourrait se trouver sur mon passage. Pousser le bureau, dans lequel je me cogne souvent. Déplacer R2D2 (récemment rebaptisé Wall-E), le rétroprojecteur. Décaler les premières tables à gauche et à droite pour permettre un passage jusqu'au centre de la scène. Les tables des lycéens forment un U, comme dans toutes les salles de langue vivante. C'est une des raisons pour lesquelles je la partage peu. De nombreux colocataires éventuels redoutent cette disposition, qui, à les écouter, permettrait aux chahuteurs d'être encore plus chahuteurs. Ils rechignent. Ils préfèrent l'alignement « classique ». On dirait des jeunes mariés dans un magasin Ikea. Au départ, j'argumentais longtemps. J'énumérais les avantages du « U », j'avais bien retenu les leçons de l'IUFM. Meilleure circulation de la parole. Plus grande interaction entre les apprenants. J'ai passé l'âge des joutes pédagogiques. Je ne dis plus rien. J'assène que c'est comme ça et pas autrement. Je ne me verrais plus faire un cours en frontal. Je ne sais pas si c'est mieux ou moins bien – le U fait juste partie de moi. Je m'y déplace les yeux fermés (une fois les encombrants enlevés) – mais je ne l'ai jamais vu de nuit. Le U, c'est la plus grande partie de ma vie diurne. Quand je m'en vais, il s'assoupit. Et il m'attend.

C'est l'inverse de la maison, où aucun des objets ne garde sa place très longtemps, où les cahiers de mes filles, leurs classeurs, leurs jeux, leurs DS, leurs DVD, leurs habits, leurs chaussures s'accumulent et se déplacent à leur guise. Où ranger est un perpétuel recommencement.

Ma fille aînée sera bientôt élève dans ce lycée. Je ne préfère pas y penser. Je ne sais pas si je souhaite l'avoir en cours ou pas. Ma vie est compartimentée. À la maison, je suis quelqu'un. Ici, je suis le même – et pourtant irrémédiablement un autre. Ma mère était institutrice en maternelle. Elle a été mon enseignante en grande section. Elle m'a souvent expliqué que ç'avait été la pire année de sa carrière. J'avais été monstrueux.

Pour la première fois depuis très longtemps, je suis intimidé. Par le calme qui règne. Par l'absence. Je n'ose pas m'aventurer. Prendre ma place dans cet espace que j'ai l'impression de violer. C'est comme pénétrer dans l'environnement de quelqu'un d'autre. Il m'est arrivé de temps à autre d'être déplacé – de devoir faire cours dans d'autres salles. À chaque fois, je me fais l'effet d'un cambrioleur. Parce que je ne me retrouve pas dans ce qu'il y a au mur. Parce que les odeurs ne sont pas les mêmes. L'attachement à une salle est puissant. Il n'y a qu'à voir les collègues se battre au moment de la répartition de service, au mois de juin. En bas de la fiche que nous devons remplir – et qui présidera à toute l'année suivante –, il y a cette ligne sibylline : désirez-vous occuper une salle particulière ? Si oui, indiquez son numéro. Personne, à ma connaissance, ne réclame la mienne. Nous avons tous nos habitudes. Nous sommes des animaux de zoo. Nous flairons. Nous observons. Nous marquons notre territoire. Au moment où l'un d'entre nous nous quitte, par mutation ou mise à la retraite, il y a des dizaines de prétendants à son enclos. Je me demande qui me succédera ici.

Il me reste seize ou dix-sept ans à faire, à moins que le destin ne s'en mêle.

Pour l'instant, je suis le seigneur incontesté de vingt mètres carrés. Tout le monde sait que c'est mon royaume – je suis le seul à écrire le code secret en bas de la fiche.


J'ai débarqué ici au tout début de ma carrière. Un concours de circonstances. Comme le CAPES. Le lycée ne devait être qu'un point de passage. Un tremplin vers l'ailleurs. L'ailleurs se sera finalement évaporé ici. Ne reste en témoignage que la carte du monde en anglais, sur le mur de gauche. Les noms de pays évocateurs. Les sonorités étrangères. C'est le seul élément de décor de la pièce. Le reste est nu. Trente-cinq tables plastifiées – plateau gris-blanc à bord bleu, armature métallique. Trente-cinq chaises modèle standard – assise beige, pieds bleu foncé. Carrelage – des centaines de petits carreaux d'un jaune clair qui vire vite au brun foncé. Murs d'une tonalité douteuse – les ouvriers ont baptisé la couleur ocre, tout le monde la trouve orange criard.

J'avance. Je contourne le bureau. Je suis attiré par les fenêtres. Par la lumière dehors. Les phares des voitures dans l'avenue. La lueur des réverbères. Un pan de cour. Des bancs. Un morceau de parc, devant le bâtiment de la cantine. J'ai passé de longues minutes à regarder tout ça. Pendant les contrôles ou les heures libres. À observer les adolescents dans leur milieu artificiel. Les forts en gueule, les timides, les gros, les grands, les maigres, les roux, les blonds, les bruns, les punks, les émos, les métals, les rien-du-tout, les riches, les pauvres, les blancs, les noirs, les beurs, les filles, les garçons, les enthousiastes, les blasés, les pleurnicheurs, les rieurs, les indéfinissables. Ils passent. Ils marquent. Ils s'effacent. Parfois ils manquent.

Je suis semblable à l'une de ces sculptures que l'on trouve un peu partout dans ce lycée. Des masses abstraites qui ont eu leur heure de gloire à la fin des années quatre-vingt et qui paraissent désormais obsolètes. Vaguement ridicules. Des masses informes auxquelles on est pourtant attachés maintenant. Des bornes sur les différents chemins de l'établissement. On se retrouve au Gros-assis. Rendez-vous à l'Homme-qui-marche. Ces phrases que j'entends et qui rythment les saisons.

Une torpeur, tout à coup. Une hypnose. Je pourrais rester là des heures, les mains dans les poches de mon manteau, à fixer un point au-delà de la rocade, vers le centre-ville. Je me laisserais absorber. Je suis très fort pour ça. Je passe la majeure partie de ma vie à essayer d'abolir le temps. Ce temps qui me découpe en fines lamelles – 8 h 00-8 h 55 / 8 h 55-9 h 50 et cela jusqu'à 17 h 35. Ce temps qui me hache menu par la suite, rentrer, aller chercher l'aînée au collège, la cadette à l'école primaire, poser les affaires, vérifier les devoirs, lancer la cuisson du dîner, jeter un œil sur les cours du lendemain ou les éventuels devoirs, accueillir l'autre moitié du couple qui rentre, elle aussi, harassée.

Pour survivre, j'ai mes moments d'apnée. Ceux où je m'abstrais de la course perpétuelle.

Quand, dans l'étreinte, les minutes en cristaux liquides rouges s'envolent tout à coup.

Quand, au milieu d'une soirée, le bruit se retire comme une vague pour faire place à un fond sonore indistinct et agréable, une petite musique de nuit – j'observe le visage de mes amis, leurs expressions, la façon qu'ils ont de bouger les mains et de rire, il y a du jaune, du rouge, du brun.

Quand, isolé du reste du monde par les écouteurs du MP3, je fais apparaître des mots sur les pages virtuelles – que je me lance dans une vie parallèle où je croise des personnages qui auraient pu devenir des proches.

Et puis quand je fais cours. Bien sûr, quand je fais cours. C'est une des premières choses qui m'aient scié dans ce métier. Et dont je n'ai jamais osé parler, parce que c'est trop étrange, et que je redoute chez mon interlocuteur le sourcil qui se fronce, le mouvement de recul et la sévérité dans la mine. Quand je fais cours, je m'oublie. Je me dilue. Je suis sûr que nous sommes des milliers comme ça – à disparaître momentanément tous les jours. Un sucre dans le café. Il est là, partout dans la tasse – mais il n'est plus nulle part.

Je m'extrais de la contemplation. Je prends les copies, restées à côté du bureau. Je traverse à grands pas le U. J'ai déjà les clés dans la main. La lumière du couloir s'allume. La concierge est là. Elle me demande ce que je fabrique. Je montre les devoirs. « Je n'arrivais pas à remettre la main dessus. » Elle hoche la tête. Elle me jette un coup d'œil. « Ça a toujours été votre salle, ça, hein, monsieur B. ? » J'acquiesce. Le nœud monte dans la gorge. La concierge sourit. « C'est bizarre, des fois, comme c'est. On croirait pas quand on arrive qu'on va rester si longtemps. Et puis le temps passe et voilà. »

Nous descendons les escaliers extérieurs ensemble – nous formons un couple improbable. Les mots me suivent jusque sur le parking. Je claque la porte de la Twingo. Mets en marche le moteur. Mais je ne bouge pas. Mes yeux fixés sur les bâtiments dans la nuit de décembre. *Et puis le temps passe et voilà.*

*Le proviseur joue avec son stylo noir. Il en pousse le capuchon jusqu'à ce que celui-ci tombe dans sa main, et il recommence. Il est au téléphone. Cela me donne le temps de m'habituer au décor – bureau en acajou, sièges pivotants en cuir noir, parquet de chêne clair, fenêtres larges, tout respire le neuf dans ce lycée qui a ouvert il y a quatre ans – et à l'homme, lunettes carrées à bord noir, gestuelle un peu désordonnée, complet gris, cravate d'un rouge déplacé. Il est question d'une réunion au rectorat. Je m'habitue aussi au vocabulaire et à tous ces sigles qu'on ne trouve jamais dans la vie courante. Je remarque une mouche au plafond. Dehors, un soleil implacable de début septembre. Je viens d'apprendre que je suis nommé ici.*

*C'est ma deuxième année en tant que titulaire. L'an dernier, j'officiais dans un collège de campagne, quarante profs, douze couples, résidant tous autour de l'établissement. J'ai cru que j'allais mourir d'ennui. J'ai écrit une lettre déchirante au rectorat. J'implorais, je suppliais qu'on vienne me chercher, qu'on me rende ma liberté, qu'on me donne de la ville, de la vie, du quartier, de la ZUP, du docile, du bigarré, n'importe quoi mais pas cet étouffement à petit feu.*

*J'étais persuadé que ça ne marcherait pas. Un collègue bien intentionné m'avait prévenu : « Tu sais, une fois que tu es ici, tu y restes au moins dix ans, voire toute une vie. »* Je n'étais pas allé travailler le lendemain. Je n'avais jamais eu une migraine aussi carabinée.

Je pensais que ma lettre allait se perdre dans les méandres de l'administration et qu'elle serait dédaignée, si jamais elle était lue. *« Il a un poste fixe, à moins de cinquante kilomètres de chez lui, il ne va pas se plaindre non plus, hein ! Il n'a qu'à demander sa mutation en région parisienne, s'il aime tant la ville, il l'aura tout de suite ! »*

Inexplicablement, on m'a accordé ce qui s'appelle une « délégation rectorale », le droit pour un an de quitter son poste pour en combler un autre, correspondant davantage à mes vœux. Un lycée. Relativement récent. Une enseignante venait d'obtenir un congé parental. Vous en dites quoi ?

*Oui.*
J'en dis oui, bien sûr.
Le lycée est à quinze minutes en scooter de mon appartement. Trente minutes en bus. Quarante-cinq à pied. Je n'en reviens pas. Le proviseur, qui a enfin raccroché, non plus. Il me regarde des pieds à la tête – il n'y a aucun mépris dans ses yeux, juste de l'incompréhension.

*« Excusez-moi d'être indiscret, mais vous avez quel âge ?*
*— Vingt-cinq.*
*— C'est jeune.*
*— Il faut bien commencer à un moment donné.*
*— Ce n'était pas une critique, vous savez. C'est bien aussi qu'il y ait du sang neuf. Gardez toujours ça à l'esprit. Il faut du sang neuf. Il n'y a rien de pire que*

*les profs qui s'accrochent et qui restent dans le même établissement pendant vingt ou trente ans. Vous avez fait vos armes où ?*

*— En collège.*

*— Très bien. Écoutez, j'espère que tout ira bien. J'imagine que ce sera le cas. Faites attention seulement à la différence d'âge. Vous aurez des terminales, trois classes si je me souviens bien, certains redoublent, ils ont seulement six ans de moins que vous.*

*— J'y serai attentif.*

*— Bien. »*


*Un moment de silence. Il se lève et s'approche de la fenêtre, à gauche de son bureau. La jambe droite de son pantalon ne retombe pas exactement à sa place. Il a l'air légèrement désarticulé. Il se retourne et me sourit.*

*« Pour mettre un peu de piment, je vous ai accordé une salle, alors que d'autres n'en ont pas. Mais bon, j'ai des arguments. Vous travaillez vingt-trois heures puisqu'on vous impose cordialement cinq heures supplémentaires, certains agrégés n'en travaillent que quatorze ou quinze, alors je me suis dit que ce n'était que justice. Je vous préviens, il y en a qui vont être verts. J'espère que la salle vous plaira. Elle a beaucoup de défauts parce qu'au départ ce devait être une salle informatique. Vous verrez, il y a des prises tout autour de la pièce, c'est un peu étrange. Mais une salle, vous savez, ça n'a pas de prix. C'est la 229, bâtiment G. G229. Allez chercher la clé chez la concierge. Bon, je crois que cet entretien est terminé. Nous nous croiserons souvent désormais. Bienvenue ici. Ah, au fait, j'aime beaucoup vos chaussettes, vous les avez achetées où ? »*

Sur mes chaussettes noires, il y a une batterie et une guitare, brodées en blanc. C'est la mode. C'est un cadeau de mon ex. Un cadeau un peu vachard d'ailleurs – dont le but était de me rappeler qu'à un moment donné j'aurais tout donné pour faire de la musique. Je l'entends, dans mon dos. « Tu manques d'ambition. C'est ça, ton plus grand défaut. Le manque d'ambition. »

Je hausse les épaules. Je sais que je ne m'enterrerai pas plus ici qu'à la campagne. J'ai d'autres projets. Je deviendrai directeur d'une alliance française en Amérique du Sud. J'ai passé six mois au pied des Andes. Je sais avec certitude que c'est là que ma vie bifurquera, un jour. C'est pour rejoindre Cuenca, en Équateur, que j'ai passé les concours de l'Éducation nationale.

Je souris au proviseur, je réponds que c'est un cadeau, mais il ne m'écoute déjà plus. Un proviseur, ça a beaucoup de choses à penser. Un prof, non. Un prof, ça ne pense qu'à une chose, ses classes.

Puis soudain, il est de nouveau là, présent. Il me fixe. Il dit : « Le plus dur, dans le métier, vous savez, c'est de manier le on et le je. » Je réponds que euh, je ne suis pas sûr de comprendre. « C'est une institution, l'école. Vous entrez dans un bulldozer. Il faut arriver à en devenir membre sans perdre son individualité. Ce n'est pas aussi facile qu'on le croit, vous verrez. Le on et le je. Réfléchissez-y. Bonne chance ! »

On parle.

On fait vivre la langue. On écorche la grammaire, la prononciation, le vocabulaire, on hésite, on se reprend, on bloque, on s'énerve, on ouvre la bouche, on la ferme, on rougit, on blêmit. Eux et moi.

On parle de l'immigration aux États-Unis, des Pakistanais en Angleterre, des Indiens d'Amérique, de l'Irlande du Nord, de l'apartheid, de l'élection de Bush père, puis de Clinton, puis re de Clinton, puis de Bush fils, et enfin du messie black qui nous fait de nouveau rêver de l'Amérique. On fait du culturel, du civilisationnel, de l'antiaméricanisme primaire, du probritannique, de l'antibritannique, du proaméricain, du proeuropéen, de l'anticolonialisme – on s'y perd. Les problèmes internationaux apparaissent et disparaissent aussi, parfois. L'Irlande se pacifie – et merde, faut qu'on trouve un autre texte pour aborder le vocabulaire des conflits et parler de religion, là, c'était tranquille, les protestants, les catholiques, ça permettait de parler des guerres de religion, sans s'embarquer dans des considérations sur le racisme ordinaire en France. L'apartheid se règle aussi – et merde, faut qu'on trouve un autre texte pour aborder les problèmes de discrimination, l'apartheid c'était facile, les gentils étaient tellement gentils, les méchants tellement méchants, qui est-ce qu'on va mettre à la place ?

On ignore – sciemment ou non. Pendant que nous devisons sur les dissensions irlandaises, les snipers tirent sur la Croatie, la Bosnie-Herzégovine, le Kosovo, la Tchétchénie, l'Abkhazie – les ponts deviennent des lieux de mort, les bords de mer des cimetières. Pendant que nous discourons sur l'injustice de l'apartheid, le Rwanda implose. Le soir, quand on rentre du travail, la télévision nous apprend de nouveaux noms – Srebrenica, Soukhoumi, Hum, Tutsi – et de nouveaux termes – purification ethnique, frappe chirurgicale, victimes collatérales.

On reste confits dans nos conflits de la décennie précédente. On ne se rend pas compte que, dans quelque temps, ils seront là, devant nous, les enfants qu'on voit s'enfuir sur les routes ou éviter les tirs. Nous ne pourrons plus les renvoyer derrière l'écran de télé, à côté du présentateur, toujours le même, à croire que les présentateurs ne changent jamais, et au moment même où on se fait cette réflexion, paf, ils nous débarquent PPDA pour mettre à sa place un messie black qui impose en douceur le besoin de diversité que nous essayons de faire comprendre dans les cours depuis bientôt vingt ans.

Parfois, c'est le contraire.
On est au top du must de l'actualité et des nouvelles technologies. On manie les magnétophones, les CD, les DVD, les MP3, le labo de langues, la salle multimédia. On devient expert en télécommandes, on appuie sur play, puis sur pause, puis sur play, puis sur pause avec un air décidé et bravache. On sait ce qu'est une prise

jack avant tout le monde. On cause l'informatique comme des pros. On te manie le traitement de texte avec une dextérité stupéfiante. On soutient l'arrivée des vidéoprojecteurs et du tableau numérique avec un enthousiasme inquiétant – pour un peu, on penserait qu'on ne veut surtout pas passer pour des ringards.

On est hype. On est cool. On parle de Barack Obama des mois avant qu'il devienne le candidat démocrate, on a téléchargé tous ses discours, ils apparaissent dans le cours sous forme de textes à trous qu'il faut compléter, les élèves sont dubitatifs et puis, quelques semaines après, quand Obama prend la tête des sondages, ils sont bouche bée – ils se demandent si on n'est pas devin. Pareil pour l'ouragan Katrina, on l'aurait presque prévu avant les météorologues. Idem pour le Wi-Fi – on est en 1999, devant un parterre d'étudiants médusés, on disserte sur ce qui va changer dans les années à venir, on parle de la révolution apportée par cette façon de se connecter partout dans le monde sans avoir besoin de fils –, ils nous rient au nez. Plus tard, ils s'extasient. Encore plus tard, ils nous prennent pour des losers. Ils ont tous des iPhone.

On écrit, aussi.

*« Is there any place on earth that means something special to you ? Write about it. »* Sujet bac LV1 L 2007.

Y a-t-il un endroit sur terre qui signifie quelque chose de particulier pour vous ?

Parfois, on se demande qui pond les sujets d'expression, au bac. En fait, non, on ne se demande pas. On devine vaguement que ce sont des universitaires ou des profs émérites, probablement parisiens. L'inconnue, c'est comment leur vient l'idée. Est-ce qu'un matin ils prennent le métro, les stations défilent, les gens entrent et sortent, et soudain, ils voient l'affiche d'une agence de voyages vantant les mérites d'un séjour en République dominicaine, avec en photo, justement, l'hôtel où ils ont passé leurs dernières vacances, celles où leur couple a failli voler en éclats et puis finalement non, au dernier moment la volte-face, la résignation, oui, nous finirons notre vie ensemble, avec toutes les désillusions que cela comporte, et les espoirs insensés aussi – et pof, le sujet naît comme ça, entre Étienne-Marcel et Les Halles, il y a certainement un endroit sur terre qui signifie quelque chose de particulier pour vous ? Parlez-en.

2008. Je mordille mon stylo-bille bleu. Je fais bien attention de ne pas le mordiller trop fort, parce qu'un jour, quand j'étais en sixième, pendant le cours de maths, il m'a explosé dans la bouche et giclé sur mon pull, mon jean, j'étais tout bleu, un vrai Schtroumpf ; l'autre jour, j'ai croisé Francis qui était en classe avec moi, c'était à peu près la seule anecdote dont il se souvenait à mon sujet – comme quoi, notre personnalité tient à pas grand-chose. Il y a au moins une personne sur terre qui me voit comme Le-mec-qui-mordille-son-stylo-bleu-et-qui-l'explose.

Je réfléchis au sujet – et je m'en veux. D'habitude, je les teste. Je réponds. Si gribouiller trois cents mots dans une langue relativement simple me prend plus d'un quart d'heure, alors je renonce – cela veut tout simplement dire qu'ils ne parviendront pas à le faire. Parfois, le jour de l'examen, nous lisons les sujets, nous nous regardons, nous écarquillons les yeux, et nous savons d'emblée que nous noterons large, pas possible autrement : « Un objet de beauté est une source de joie pour la vie. Commentez. » « Pensez-vous que la protection de l'environnement soit compatible avec notre société de consommation ? » Nous peinons à répondre. Nous suçotons nos Bic. Nous sommes des caves, des nuls, des nazes, alors que nous avons trente, trente-cinq, quarante ans, que nous sommes certifiés agrégés validés. Heureusement, c'est rare.

Ce n'est pas le cas, cette fois. J'ai trouvé le sujet hier soir dans les annales, il correspondait grosso modo à l'un des aspects du document que nous avions étudié, je me suis dit : Tiens pourquoi pas ? Je voulais rédiger un corrigé mais la cadette toussait, elle avait de la fièvre, nous avons appelé SOS Médecins, nous avons attendu deux heures – finalement ce n'était rien de grave, mais quand tout a été terminé, il était presque une heure et demie du matin, je me suis écroulé sur le lit. Et me voilà donc, Gros-Jean comme devant, en train de mordiller mon stylo-bille bleu.

Je me demande de quoi je pourrais parler – San Francisco, l'Équateur, l'Inde, Londres, bien sûr, mais bon, ça tournerait à la visite guidée, genre *Guide du routard* pour les profs. Non, il faudrait quelque chose de plus prenant, de plus profond. Le petit bois derrière l'école dans laquelle j'habitais quand j'étais enfant. Ma mère était instit, on avait un logement de fonction qui donnait sur un terrain de jeux, espaces verts bien entretenus, bancs en pierre, marronniers, domaine des poussettes et des jeunes mères. Derrière l'école, en revanche, c'était le début de l'aventure. Un petit terrain accidenté et boisé, reste d'un vélodrome du XIX$^e$ siècle. Personne ne s'en occupait. Il était devenu, au cours des années, le lieu de rencontre des enfants du quartier. Cabanes, bagarres, amitiés pour la vie, haines éternelles, dangers supposés – fruits de tous les cauchemars et de tous les espoirs. Oui, je pourrais parler de ça. C'est intime, mais bon – ils n'avaient qu'à pas pondre un sujet pareil. Comment tu veux noter les idées, après ? C'est comme si tu notais la vie de l'autre. Je me demande bien ce qu'ils vont me raconter. J'imagine facilement les vacances en Corse, le camping en Vendée ou le 216 – la boîte de nuit à quelques centaines de mètres du lycée. Je croise le regard d'Elvedin, troisième siège en partant du bureau, à l'extérieur du U. Je lui souris. Pas lui. Je ne suis même pas certain qu'il m'ait vu. Il est ailleurs.

*Il y a un endroit sur terre qui signifie quelque chose de particulier pour moi, mais je n'en ai jamais parlé en anglais, je vais essayer, ce n'est pas facile, mais je vais essayer.*

*Je viens d'un pays qui s'appelle la Bosnie-Herzégovine. Vous en avez peut-être entendu parler il y a quelques années parce que c'était la guerre là-bas, maintenant c'est mieux, mais il y a toujours des traces. Je suis une des traces en France. Je voudrais parler de la maison de mes parents. Ils habitaient un petit village près de Prijedor. C'est un joli coin si vous y allez pour les vacances, il y a des arbres, des collines et la mer pas loin. Mes parents habitaient une petite maison avec trois pièces et on vivait là, ma sœur, mon frère, ma mère, mon père et moi, je m'en souviens bien, même si c'était il y a longtemps, ou alors c'est parce que j'ai souvent vu des photos. La maison est toujours là, mais on n'y habite plus, c'est quelqu'un d'autre. Je me souviens que j'aimais bien le petit banc devant la maison. C'était un petit banc en bois. Mon père l'avait fait pour ma sœur, mon frère et moi, et on restait là longtemps à jouer à je ne sais plus quoi. J'étais sur le petit banc devant la maison quand la police est venue chercher mon père, et puis mon oncle aussi qui était là depuis une semaine. Ma mère criait, ma sœur et mon frère aussi, mais mon père m'a dit de ne pas m'inquiéter, tout allait bien, il reviendrait vite. J'attends encore. L'année d'après, on est partis pour la France, ma mère, ma sœur, mon frère et moi. On habite dans un bâtiment. C'est différent. Je pense souvent à ce matin-là et c'est pour ça que la maison de mes parents signifie quelque chose de particulier pour moi.*

*En conclusion, il y a un lieu sur terre qui signifie quelque chose de spécial pour moi parce que c'est comme si j'y étais encore.*

On suit les consignes.

C'est important. C'est décisif. On le répète dix fois, vingt fois : la réponse est dans la question, quand on lit bien les consignes, la moitié du travail est déjà faite. On apprend qu'on doit entourer quand c'est demandé d'entourer, souligner quand on doit souligner, c'est pas bien compliqué, non ? On enseigne comment écrire une lettre, un dialogue, un sujet d'argumentation. On met bien les mots de liaison entre les idées pour faire des paragraphes clairs et cohérents. On aime quand tout s'enchaîne. En corrigeant les copies, on sourit, on se dit : « Ah, il ou elle a bien lu les consignes ! » ou alors on s'énerve et on écrit en rouge, en gros : « As-tu lu la consigne ???? » et on ajoute quatre points d'interrogation, histoire de montrer à quel point on est fâché et à quel point c'est important.

Inexplicablement, on aime surtout quand ça déborde. Quand tout à coup l'expression s'envole et qu'elle nous laisse pantois, on n'a même pas eu le temps de s'appesantir sur les erreurs, on a lu le texte et on reste un moment interdit, le stylo rouge en l'air. On a la tête qui tourne parce que la consigne n'est pas suivie, l'adresse de l'expéditeur n'est pas où elle devrait être, les salutations à la fin de la lettre ne sont pas correctes, les mots de liaison – satanés mots de liaison – sont aux abonnés absents, pourtant, il y a quelque chose qui bat, là. Et quand ça bat, comment veux-tu mettre des mots de liaison ?

Je suis les consignes.

Celles de sécurité, l'alarme à incendie qui retentit, merde, j'avais oublié, pourtant l'administration nous avait avertis il y a quelques semaines et j'étais persuadé de m'en souvenir, mais non, comme d'habitude, j'ai zappé et nous voilà en plein milieu d'une discussion hâtive sur la peine de mort aux États-Unis, obligés de plier bagages, tous, les élèves excités comme des puces, incroyable, ils ont le droit de sortir en plein milieu de la journée alors que c'est même pas la récré, le moment de bonheur insondable, vingt minutes échappées de l'emploi du temps, une libération conditionnelle anticipée, ils sautent partout, mais attention, il faut suivre les flèches, laisser les affaires où elles sont (« Non, Vanessa, tu n'as pas le droit de prendre ton petit sac qui a coûté les yeux de la tête à ta mère, oui, tu le laisses là, même s'il y a ton iPod dedans »), fermer la porte une fois tous les élèves sortis (pour éviter les pilleurs, qui pourraient s'emparer du sac de Vanessa qui a coûté les yeux de la tête à sa mère et dans lequel il y a un iPod), partir à droite et pas à gauche (parce que apparemment, les flammes ne pourraient pas venir de gauche), franchir la porte du deuxième étage, descendre sans se presser (parce qu'on n'a pas peur et qu'on sera comme les pompiers du World Trade Center en cas d'incendie réel, calmes, déterminés et bientôt tous morts), sans se bousculer (j'ai dit « SANS SE BOUSCULER »), traverser la cour grouillante d'élèves, se diriger vers le stade et de là, regarder.

Regarder le lycée au printemps, en automne, en hiver (en été, pas la peine, il n'y a personne). Croiser les bras après avoir refait l'appel et compté ses ouailles.

Imaginer ce que ce serait, en vrai. Se rappeler les CES types Pailleron qui brûlaient à toute vitesse quand j'étais moi-même élève. Retrouver les images des catastrophes scolaires – les tirs dans les campus américains, la caméra de sécurité qui filme pendant que les gamins se font canarder à Columbine. Regarder le lycée déserté et ne pas en revenir d'être là, encore. D'être là alors qu'on pensait être à l'autre bout du monde, à enseigner le FLE ou français langue étrangère à des petits Équatoriens pauvres et pleins d'espoir. D'être là alors qu'on a parfois frôlé la mort – la moto qui dépasse la voiture dans laquelle on est et percute celle d'en face, le plongeon dans l'eau glacée à cause d'un pari stupide, l'infection généralisée il y a quelques années.

Et pendant qu'on regarde, on oublie de suivre les consignes.

Pourtant on nous l'a répété, dix fois, vingt fois, les consignes c'est important c'est décisif. On écoute l'inspecteur l'inspectrice la conseillère pédagogique la formatrice. On hoche la tête. On se compose un air bovin, les yeux fixes et le sourire à peine dessiné (pas trop dessiné sinon on a l'air d'un provocateur, on nous l'a fait remarquer à la dernière réunion), on dit d'accord. On apprend qu'il faut appliquer les nouvelles directives, qu'il faut faire du notionnel/fonctionnel, c'est-à-dire trouver au moins huit façons différentes d'exprimer le conseil ou l'obligation ou d'autres notions, on apprend qu'il y en a marre du notionnel/fonctionnel et que maintenant il faut faire réfléchir sur la langue, ça s'appelle la PRL, la pratique raisonnée de la langue, parce que si on veut que les élèves retiennent la syntaxe et la grammaire il faut qu'ils aient eux-mêmes deviné les règles sans quoi ça ne marche pas mais alors pas du tout du tout, on apprend plus tard qu'il y en a marre de la PRL, que ça ne marche pas, mais alors pas du tout du tout, maintenant il faut suivre le cadre européen des langues et il faut surtout qu'on sache si l'élève qu'on a en face de nous est en B1 à l'écrit, ou en B2 à l'oral ou, malheur pour lui, encore en A2 à la traîne, mais A2 en terminale, ah non, il ne faut pas exagérer parce qu'alors ça voudrait dire que ça ne marche pas du tout du tout, et puis maintenant il faut de l'action en cours, un projet actionnel de fin de séquence pour que l'élève s'approprie le lexique la grammaire et le reste parce qu'avant il ne se les appro-priait pas du tout du tout, alors il faut injecter de l'action parce qu'avant ils étaient passifs passifs et maintenant, ils vont être actifs actifs en imaginant des affiches qu'on pourrait exposer au CDI, des posters sur tout, les Amish aux États-Unis, contre la drogue, on se mélange un peu, on s'excuse, des posters, ah d'accord, mais pas seulement des posters, hein, l'actionnel il est partout tout le temps, on joue des sketches, on écrit des dialogues des lettres des sujets d'argumentation, c'est de l'actionnel.

On apprend de nouveaux mots.

On se regarde tous les uns les autres.

Dans les premiers rangs, il y a les stagiaires qui grattent et qui hochent la tête plus que nous. Dans les derniers rangs, il y a les redoublants, ceux qui ensei-gnent depuis des lustres déjà et qui sont vraiment à la traîne, ils ne comprennent pas grand-chose, ils sont un peu vieux et légèrement durs d'oreille, pensez, il y en

a qui font encore du notionnel/fonctionnel, ah ah, ima-
ginez un peu, mais là, c'est clair maintenant, ils ont
intérêt à s'y mettre même si ça leur plaît pas, parce
qu'ils sont fonctionnaires et qu'un fonctionnaire, ça
fonctionne.

*Réunion parents-profs de novembre. Première rencontre avec les géniteurs des secondes. Ça défile. Cinq minutes pour faire le point, donner des conseils et indiquer une orientation possible. Avec, en face, des adultes qui écoutent, perplexes, sur la défensive. Je jette un coup d'œil à ma montre. Déjà une heure et demie que je suis là. Encore quarante-cinq minutes de plus, grand maximum. J'ai une vie aussi, moi. La mère de Mathieu entre. Nous nous serrons la main. J'entame le refrain de je suis content de vous voir parce qu'on a des problèmes avec Mathieu. Ce « on »-là, il inclut tout le monde, elle, lui, nous, le monde la terre l'univers. Je ne lui laisse pas le temps de répliquer. J'enchaîne leçons non apprises, exercices non faits, ça se multiplie depuis quelques semaines, ce n'était pas comme ça au début de l'année, il faut qu'il réagisse absolument tout de suite maintenant. Je lève les yeux et elle, en face, elle sourit, goguenarde. Ça me tape sur les nerfs. Encore une qui soutient ses gamins à tous crins et qui criera au scandale si on ose parler de réorientation ou de redoublement. Elle va encore prétendre qu'il travaille comme dix, qu'il passe huit heures par jour sur son anglais et qu'il m'adore – l'appel à l'ego, ça marche bien du côté des parents. Du coup, je passe la démultipliée, je monte sur mes grands chevaux, c'est*

*important, c'est essentiel pour son avenir, vous com-*
*prenez, il est en train de lâcher prise alors s'il vous*
*plaît, ne faites pas l'autruche, si nous y mettons du*
*nôtre, vous et nous, nous pourrons peut-être faire quel-*
*que chose, sinon, c'est le mur assuré et.*

*Elle me touche l'avant-bras. Elle outrepasse les*
*consignes.*
*Je suis tellement surpris que je m'arrête net.*
*Mes pensées s'enraient et se télescopent. Qu'est-ce*
*qu'elle attend de moi ? Elle me drague là ou quoi ?*

*Ses yeux dans mes yeux. Profonds. Ancrés.*
*« Monsieur B. ? » « Oui. » « Je vais mourir. » Un*
*souffle, léger, un soupir presque inaudible. « Je suis*
*atteinte d'un cancer. Je ne me suis levée aujourd'hui*
*que pour venir ici. Ce n'est pas opérable. Je n'aurai*
*pas de chimio. Au printemps, je ne serai plus là. »*

*Mes yeux sur son visage.*
*La fatigue, les traits accusés, le maquillage outran-*
*cier – tout ce que je n'avais pas remarqué quand elle*
*s'est assise en face de moi. J'avale avec difficulté. Je*
*pense à mes filles. Je pense à Mathieu. Je pense à la*
*femme en face de moi. À sa main sur mon avant-bras.*
*L'eau me monte aux yeux en quelques secondes. Je me*
*mords les lèvres. Elle me tapote la main. Elle parle.*
*Sa voix est calme et douce. « Je ne voulais pas vous*
*importuner. Je venais juste pour expliquer, pour*
*Mathieu. C'est un peu dur en ce moment. Et puis ce*
*sera encore plus dur au printemps. Je crois qu'il a*
*besoin qu'on le soutienne, enfin dans la mesure du*
*possible. Qu'on soit attentif. Je crois que c'est plus*
*important que le travail qu'il fournit. »*

*Je ne peux pas me détacher de ses yeux. Des commissures de ses lèvres – là où le fond de teint se craquelle.*

*Je murmure que bien sûr. Je murmure que nous serons là. Elle remercie. Elle se lève. Moi aussi. Elle incline la tête. Elle dit : « Je suis heureuse de vous avoir rencontré. » Elle ne dit pas à bientôt. Elle ne demande pas que je l'appelle si jamais les problèmes persistent. Elle s'en va. Une autre mère entre. Je fais signe de la main. Cinq minutes. J'ai besoin d'un café. Dans la salle des profs déserte, je m'affale dans un fauteuil. Les parents attendront. Nous avons tout le temps. J'emmerde les consignes.*

On lit.

On lit des articles de journaux qui parlent des prisons britanniques, des attentats du World Trade Center, des méfaits du tabac, de la télé-réalité, de l'addiction aux nouvelles technologies. Parfois, on croirait entendre les pseudo-magazines d'information sur les chaînes privées. Ou les titres du journal de vingt heures, tendance suicidons-nous pendant qu'il en est encore temps. Alors, on bifurque. On lit des articles sur le mariage, la fin du fossé des générations, le commerce équitable – mais force est de constater que ça marche moins bien. Le drame, c'est le fondement de l'adolescence. Le léger paraît trop léger. Le léger, c'est après qu'on en a besoin, quand les relations humaines deviennent compliquées et les problèmes quotidiens difficilement gérables.

On lit des bribes de textes, des morceaux de romans, on passe du coq-à-l'âne, de la célibataire anglaise de trente ans qui cherche un homme à la vieille fille de cinquante-cinq qui retrouve dans le manteau de sa mère qui vient de mourir une lettre non décachetée qui lui est personnellement adressée, écrite vingt ans plus tôt, une lettre qui aurait pu changer sa vie, une demande en mariage, mais c'est trop tard.

On lit des extraits d'auteurs américains et anglais, indiens, australiens, on fait le tour du monde, un jour on est dans le métro de New York, un SDF vient s'asseoir sur les genoux d'une vieille dame et manque de l'étouffer, il veut qu'on le remarque, qu'on le secoue, qu'on réagisse, mais les passagers font semblant de ne rien voir ; un autre jour, on est dans le bush australien avec ces trois jeunes filles en fuite qui vont être dénoncées à la police par une femme bien sous tous rapports.

On s'enfonce dans les œuvres. On a des heures pour ça, en première et en terminale littéraire. Ce sont des heures dites « de renforcé », mais en fait il faut les appeler « de complément » ou « de spécialisation ». On choisit un livre dans une liste établie par on ne sait qui et on l'étudie toute l'année. On devient Victor Frankenstein qui se prend pour Dieu, et sortie de nulle part, Élodie D. demande si on ne pourrait pas comparer le laboratoire de Victor à un utérus, comment on dit « utérus » en anglais, monsieur ? On suit Antonia Shimerda et Jim Burden dans les plaines du Nebraska à la fin du XIXᵉ siècle, dans un roman américain qui s'intitule *My Ántonia.* Ils grandissent, ils vieillissent. Eux et leurs amis se dispersent sur le continent américain, ils continuent leur vie et ils la ratent, consciemment, doucement. On découvre l'ironie. L'humour désespéré. On s'ouvre au monde. Et puis, un beau jour, on étudie le dernier extrait de l'œuvre.

*C'est le mois de mai, de nouveau. Il y a tellement de mois de mai qui se superposent. Pour moi. Pas pour eux. Pour eux, chaque mois de mai est un nouveau mois de mai qui ajoute des expériences, des découvertes, des désillusions et surtout des premières fois. Cela fait longtemps que je n'ai pas vécu de première fois. J'y pense tandis que j'écoute la voix enregistrée qui lit le chapitre 14 de la deuxième partie de* My Ántonia. *Quand la voix s'éteint, il y a un silence. Un silence qui me fait lever les yeux vers eux, vers le U. Ils sont tous là, fragiles. Ils frissonneraient presque dans le printemps qui éclate. Je demande ce qui se passe dans le chapitre. Un résumé. Nina commence. Son timbre est ébréché. Elle répond que ce qui se passe, c'est ce qui va se passer pour tous les élèves de cette classe dans moins d'un mois – ils vont s'en aller, tout le monde va s'en aller, poursuivre ses études, sa vie, ses rêves et il ne restera d'eux qu'une trace sur la terre, dans un coin que tout le monde aura oublié, sauf eux, dans leur mémoire. Camille ensuite, elle ajoute simplement que c'est déchirant, elle ne sait pas dire déchirant, alors elle mime, elle a les yeux qui brillent. Ils ne parlent plus du roman, ils parlent d'eux, le roman vit en eux, les personnages les hantent, l'année se termine et leur scolarité aussi, ils sont au bord, tout au bord de ce que*

43

sera leur existence, ils sont happés par l'avenir mais ils voudraient encore regarder en arrière, une dernière fois. Les phrases se télescopent dans ma tête, je pense à Willa Cacher qui ne pouvait pas savoir que près d'un siècle plus tard, alors que le monde a tellement changé, alors que le monde n'en a peut-être plus pour longtemps, Jim, Ántonia et Lena Lingard s'imprimeraient dans les rétines d'enfants dont les grands-parents n'étaient même pas nés quand elle a écrit ces lignes. Je pense à toutes ces générations d'élèves qu'on suit, qu'on épaule, qu'on engueule. Avec lesquels on rit, contre lesquels on s'énerve. Et puis qui partent. Être prof, c'est être quitté tous les ans, et faire avec. Je pense à ma fille aînée, je sais qu'elle va passer par là, elle aussi, les amis, les soirées, les discussions à bâtons rompus, les blagues hermétiques aux autres, les surnoms, la musique, elle sera bientôt dans ce lycée parce que son collège en dépend, j'aurai cinquante ans, puis quand ce sera le tour de la cadette, j'aurai cinquante-cinq ans, les couches de temps se superposent et m'ébranlent.

Le silence, encore. Un silence pendant lequel nous nous regardons tous. Les yeux de Justine sont obstinément fixés au plafond, elle a déjà appris à refouler ses émotions. Ils attendent quelque chose de moi, quelque chose qui soit en accord avec le livre, quelque chose qui donne de l'espoir, malgré tout, quelque chose auquel ils puissent se raccrocher dans les années à venir quand les choses n'iront pas aussi bien qu'ils le souhaitent, quand les études décevront, quand le marché de l'emploi sera bouché, quand les boulots McDo se succéderont, quand les conditions climatiques se détérioreront encore. Ils veulent une histoire dans laquelle ils se blottiraient. J'hésite une seconde. Je ne veux pas jouer sur la corde sensible, mais en même temps, c'est cette corde-là dont ils veulent entendre le son. Je me mets à parler. À dire que c'est plutôt beau, sans doute, ce qui les attend. Et que, pour ne pas se perdre, il suffit souvent d'avoir envie de se retrouver vraiment. Nous avons tous nos coordonnées, nous pouvons maintenant utiliser les moyens technologiques à notre disposition. Camille reprend la parole. Elle dit qu'on pourrait aussi se donner rendez-vous. Je prends l'air surpris alors que je vois très bien où elle veut en venir. Elle précise. Dans dix ans, un dimanche de mai, devant la grille du lycée. Les autres s'enthousiasment. Je mets un bémol. Je suis sur le point de répondre que c'est un peu trop sentimental pour moi, que ces espèces de rencarts niaiseux pour faire des bilans, c'est un truc de scénariste fauché, qu'ils apprendront plus tard comme cela peut être vain et risible, mais je croise les yeux de Justine qui viennent de redescendre précipitamment du plafond et une petite voix narquoise résonne en moi : C'est facile ? C'est ridicule ? Et alors ?

Alors je dis oui. C'est une bonne idée. Prenez vos agendas pour 2019. Marquez la page du dernier dimanche de mai. Midi. Pique-nique dans le parc, comme dans le chapitre 14. D'ailleurs, on ne l'a pas encore commenté, ce chapitre 14. Alors, qui se colle à la mise en abyme ?

Tandis que l'heure reprend son cours, je vagabonde. Je cours dans les plaines du Nebraska et j'entends la voix d'Àntonia qui appelle « Tatinek ! Tatinek ! ». Et je me dis que c'est la première fois qu'un roman nous inscrit, mes élèves et moi, dans un temps qui n'appartient qu'à lui mais qu'il nous appartient maintenant de rendre nôtre. Et que c'est une très jolie première fois.

On sort de la G229.

On manifeste – on est connus pour ça.

On nous dit qu'on n'est jamais contents. Qu'on vocifère. Qu'on conspue. Faudrait pourtant pas croire qu'on est contre tout. On a bien accueilli l'arrivée de l'enseignement de la méthodologie en modules. La nouveauté des Travaux Personnels Encadrés, aussi. Mais on ne sait pas pourquoi, on a souvent l'impression que réforme rime avec coupe budgétaire et réduction d'horaires. On nous explique que non, qu'on doit être un peu obtus. Immobilistes. Préhistoriques. C'est sûrement ça. On devrait nous empailler dans un muséum d'histoire naturelle.

Au début, dans la rue, on n'est que nous, le corps enseignant qui fait corps, on porte des banderoles, on fustige le Premier ministre, le ministre de l'Éducation et puis aussi le Président. On fait du bruit. On dérange la préfecture. On tape sur des casseroles, des poêles à frire, tout pour se faire entendre ou pour se faire remarquer, dit-on dans les hautes sphères. On a rendez-vous à quatorze heures devant la place de la Bourse, c'est là qu'on se compte et qu'on se dit « merde », mais même ce « merde »-là, il peut signifier « merde, on n'est pas assez nombreux ! » ou « merde, qu'est-ce qu'il y a comme monde ! ». On cause pendant une demi-heure une heure, on échange des infos (généralement, ça parle du gouvernement qui ne veut pas céder, qui ne comprend rien, qui est bouché, qui n'a que les économies à la bouche) et puis on s'ébroue, rue Émile-Zola, rue de la République, on remonte jusqu'à la gare et on revient au point de départ.

Plus tard, on est rejoints par les lycéens. Au départ, ça surprend, on se demande ce qu'ils font là, pourquoi ils nous grossissent les rangs, on est un peu gênés, on n'est jamais si près les uns des autres, on pourrait se toucher, on parle d'autre chose que de cours de notes de résultats d'examens, c'est bizarre, c'est pas foncièrement désagréable, c'est juste curieux. Ensuite, on s'habitue, voire ils nous manquent quand ils ne sont plus là, on les repère, on dit « merde » quand ils ne se sont pas dérangés ou « merde ! » mais avec un point d'exclamation quand ils se sont déplacés en nombre, on se salue, on s'aperçoit aussi que, du coup, on s'adresse différemment les uns aux autres.

Exceptionnellement, les parents d'élèves s'en mêlent – mais alors là, c'est la chienlit, le déversoir au centre-ville, les défilés qui n'en finissent plus, l'espoir qui monte dans les poitrines, pour un peu, on se retrouverait Gavroche, qui est tombé par terre c'est la faute à Voltaire ; on devient moins pusillanime, on distribue des tracts, on arbore des pin's qui disent qu'on aime le service public, on donne de la voix dans les journaux télévisés en espérant qu'Élise Lucet nous remarquera et tombera folle amoureuse de nous, on brocarde qui de droit, on se réfère à Mai 1968 même si on n'avait que quatre ans quand ça s'est passé et que le seul souvenir qu'on en ait gardé, c'est une photo en noir et blanc de vacances impromptues chez la grand-mère, et puis plus tard, on se réfère à 1995, les grandes grèves, les collectes faites pour les agents de service qui ont cessé le travail depuis plus longtemps que nous et qui en bavent des ronds de chapeau pour boucler les fins de mois, et puis après 1995, c'est 2002, mais là, on court derrière les lycéens, on est à la ramasse, c'est l'âge peut-être, ou l'émotion, ou le pessimisme, la seule chose qu'on fasse vraiment en 2002, c'est aller voir à l'ambassade du Canada à Paris comment on fait pour devenir canadien.

On gagne. Abrogées, reportées, à la saint-glinglin, aux calendes grecques, les réformes tombent dans les oubliettes des médias à tel point qu'à un moment donné on ne se souvient plus bien pourquoi on manifestait – si, surnagent quand même les universités payantes, la morgue d'un sous-chef d'État, le mammouth à dégraisser, la diminution d'heures. En 1995, les premières et terminales scientifiques et économiques avaient trois heures d'anglais par semaine, ils n'en ont plus que deux, mais ça n'a aucun rapport avec le niveau décrié des Français en langue étrangère, non, non, ça n'a rien à voir du tout du tout.

On perd. Écourtées, déplacées, elles existent quand même, les coupes, et insidieusement elles sapent. Le moral, les forces, le courage, l'envie. On finit par hausser les épaules, les uns après les autres, après nous le déluge, ils l'ont voulu, ils l'ont – abandon de la formation à la sortie à l'IUFM, recours aux vacataires pour remplacer les profs absents, dilution de la classe en groupes de compétences divers et variés qui se révèlent souvent être des ghettos de niveau.

À la fin de la dernière journée de manifestation, Lise et moi, dans la salle des profs. Tous les deux enseignants d'anglais. Tous les deux là depuis des lustres. Tous les deux accros à l'enseignement. Nous regardons de concert les notices punaisées aux panneaux de liège. Des universités recrutent dans notre matière. Nous avons toujours refusé d'envisager cette solution-là. Nous la considérions comme une fuite. Une démission. Nous ne disons rien. Nous nous jetons un coup d'œil. Nous savons exactement ce que l'autre pense.

*2002. J'ai trente-huit ans. Je suis marié depuis trois ans. Ma fille aînée a quatre ans et demi. Sa sœur cadette est née en février. Je halète. Je cours du lycée à la maison, de la maison au lycée. Ma femme court de la PME où elle travaille à la maison, de la maison à la PME. Nous changeons les couches, faisons les courses, les lessives, le ménage. Nous corrigeons les copies, nous rédigeons des lettres commerciales, nous préparons des cours, nous établissons des contrats de vente, nous mélangeons tout, la crèche, la maternelle, le docteur, le travail. Et soudain tout s'arrête.*

*2002. 23 avril. Je suis sonné. Il est huit heures du matin, j'ai fumé trois clopes alors que j'avais réduit ma consommation depuis des mois. Je fais des photocopies. Je me trompe dans le compte. La machine m'en crache cent cinquante au lieu de quinze. J'appuie sur le bouton d'arrêt en urgence. La collègue qui attend sagement derrière moi rit. Elle me dit que je n'ai pas l'air d'être en forme. Je sens mes sourcils qui se lèvent. Je suis incrédule. Je hausse les épaules. Je bredouille quelque chose sur les élections. Elle est visiblement surprise. Elle n'a pas écouté les infos. Elle est persuadée que Chevènement est au deuxième tour.*
*Je me retiens de ne pas lui flanquer une gifle.*

*Salle des profs. Personne ne moufte. Regards rivés au plancher. Nous cherchons des solutions individuelles. Comment être un rat. Comment quitter le navire puisque nous coulons. Comment trouver du sens.*

*Sonnerie. Couloirs silencieux. Ambiance de mort. C'est à mon tour d'être étonné. Je pensais que le plus dur à gérer serait que, pour les élèves, la vie continuerait. Qu'il y aurait des éclats de rire, comme d'habitude. Des interjections, comme d'habitude. Des emportements, comme d'habitude. Mais non. C'est un jour de neige. Une neige d'avril, improbable. Nous regardons la neige inexistante qui tombe et nous bouche la vue. Je pense à la mire de la télévision. Quand j'étais petit, on l'appelait la neige.*

*J'ouvre la porte. Ils entrent. Ils s'asseyent. Et maintenant je fais quoi ? Je dis quoi ? J'écris quoi ? J'ouvre le manuel à la page du texte que nous étudiions ? L'extrait de Richard Wright qui traite de la ségrégation dans le sud des États-Unis ? Vraiment ?*

*C'est le silence. Je n'arrive pas à commencer le cours. Je pense à mes parents qui se sont battus pour que la gauche arrive au pouvoir en 1981. Pour la première fois, je suis content qu'ils soient morts avant la fin des années quatre-vingt. Je pense à mes filles. Je ne veux pas qu'elles grandissent dans ce monde-là. J'égrène mentalement les noms des pays comme je le faisais à vingt et un ans, quand je faisais tourner le globe sur son axe et que je me disais j'habiterai là, là ou là. Sauf que là, maintenant, c'est ici. Je pense aux textes sur l'immigration aux États-Unis, sur la décolonisation britannique. Je pense à l'espoir que j'essaie de distiller jour après jour, dans cette salle, cette idée que, bien sûr, la vie ça craint, mais que ce n'est pas une raison.*

*Avant que j'aie pu prendre la parole, il y a du bruit dans le couloir. La porte qui s'ouvre en grand. Quatre ou cinq terminales qui entrent. Un porte-parole. Victor – la voix un peu tremblante. « Nous n'allons pas en cours aujourd'hui. Nous descendons au centre-ville. C'est le cas de tous les lycées. Inutile de vous faire un dessin. Vous savez ce qui se passe. Qui nous aime nous suive. » Un moment de flottement. Ils se retournent d'un bloc vers moi – ils auraient besoin de l'aval de l'adulte. Je fronce les sourcils tandis que les picotements dans mon nez et au coin des yeux annoncent la montée des eaux. Je dis : « C'est vous qui voyez. » Je reste neutre. Ils quittent tous leur place, pratiquement en même temps. Personne ne demande, comme c'est le cas pour d'autres grèves, si le cours sera rattrapé, si on aura fini le programme, si ce n'est pas trop gênant. Personne ne renâcle. Aucun débat ne s'engage.*

*La salle se vide. Je suis à leur suite. Dans la salle des profs, nous sommes tous là, désœuvrés. De la fenêtre, nous les regardons traverser la cour, il n'y a presque aucun bruit, c'est d'un sérieux à couper le souffle. Nous tournons en rond. Nous ne savons pas comment réagir. Nous prenons un café. Nous écoutons Laure, qui enseigne les sciences économiques. Quarante ans. Elle raconte. Ce matin, le silence de mort, comme dans toutes les salles. Et puis Mehdi, terminale ES3, qui demande à prendre la parole. Qui n'attend pas la réponse. Qui se retrouve devant ses camarades. Qui dit : « Je voulais juste vous dire que je ne sais pas pourquoi vous ne m'aimez pas. Moi, je vous aime. » Et qui retourne s'asseoir.*

Ils chantent.

Pas moi.

Pourtant, c'est toujours moi qui choisis les titres qu'on étudie, et j'insiste sur le terme « étudier », j'assène qu'une chanson c'est avant tout un texte comme les autres, c'est pas pour faire joujou, on se détend, c'est bientôt Noël. Une chanson, c'est sérieux, celui qui a écrit les paroles a voulu exprimer quelque chose (« Même Kurt Cobain, m'sieur ? »), et nous allons tenter de décrypter et d'analyser le message (« Ça empêche pas de battre la mesure, monsieur ? » « Non. » « On peut chanter en même temps ? » « Oui. »).

Alors, ils chantent.

Ils chantent les dégâts du *Sunday Bloody Sunday* à Derry des années avant leur naissance, le sirop versé par Collins sur la situation des SDF dans *Another Day in Paradise*, le mal-être adolescent encapsulé dans *Creep* de Radiohead. Ils découvrent que, parfois, les phrases ont du sens et s'enchaînent. Ils apportent leur guitare, juste avant les vacances, Noël, février, Pâques, ils jouent, ils me rendent jaloux puisque j'ai essayé maintes et maintes fois d'apprendre à jouer d'un instrument, mais que je suis irrémédiablement nul, tout juste bon à matraquer la *Marche turque* au piano – truc qui rendait mes parents fous de bonheur le dimanche quand j'avais onze ans, surtout les rares fois où il y avait des invités. « Vous savez qu'il joue très bien la *Marche turque* ? »

Ils forment des groupes aussi. Ils choisissent des noms impossibles. Les Overboards. Les Killer Furious. Les No Time for Game. Les Backlights. À chaque fois, ce sont des noms anglo-saxons (« Vous avez vu, m'sieur, c'est un nom anglais ! » « Non, c'est vrai ? Je croyais que c'était ukrainien ! »). Et à chaque fois, les trois quarts des titres sont aussi dans la langue des Sex Pistols. Ils s'attardent un peu dans la salle à la fin du cours, ils jettent des coups d'œil inquiets pour vérifier qu'ils sont bien tout seuls, et puis, en rougissant, ils lancent, un rien crâneur : « J'fais partie d'un groupe, on écrit des morceaux en anglais, enfin, les paroles c'est de moi, vous voulez pas corriger les erreurs de grammaire ? » Je corrige des textes qui disent que c'est vraiment trop grave la guerre, trop beau l'amour, trop injuste l'injustice. D'autres qui parlent de comment c'est trop bien les soirées et trop bien mes lèvres sur tes lèvres. Et puis aussi des délires intergalactiques d'attaques de zombies sur des planètes planquées. Je suis vite largué. Je suspends mon jugement. Je remets des terminaisons en « -ed » là où elles manquent, change des pronoms sujets, rebascule des phrases. Chaque fois qu'ils me demandent mon avis, avec leur air mi-bravache mi-terrorisé, je réponds que je ne sais pas, il faut voir avec la musique. Il m'arrive d'être invité à des concerts, dans des caves, des bars, des bars-caves. J'y vais à chaque fois. Je trouve que c'est la moindre des choses. Cela ne veut pas dire que je reste longtemps. Parfois, je fais juste un petit tour, le temps d'entendre un élève métamorphosé hurler dans le micro « Est-ce que les fans de heavy metal sont là ? », et de me rendre compte que je suis le seul à ne pas hurler en retour.

On se croise, plus tard. Ils ont passé le bac il y a six, sept, dix ans. Nous avons toujours la même différence d'âge, mais rien n'est plus pareil. Nous nous débattons dans les mêmes problèmes, emploi, couple, enfants, assurance de la voiture, canalisations bouchées, ordinateur en panne, catastrophe climatique à venir. Nous nous sourions. Je les revois, penchés sur leurs guitares, accrochés à leurs micros, accros à leurs batteries – mais c'est une image un peu passée. Lorsque j'ose demander où ils en sont avec la musique, ils haussent les épaules, ils ont un drôle de sourire cassé, ils disent : « Oh ça ! » et ils passent à autre chose. Ou alors ils prennent une route secondaire, ils me fixent et lancent : « Vous vous souvenez quand on a chanté *Sunday Bloody Sunday* en cours ? » et j'acquiesce. Je ne peux tout de même pas leur dire que j'en avais déjà ras la casquette à l'époque de *Sunday Bloody Sunday*, cinq, six, huit ans à faire la même chanson et à en chercher désespérément d'autres, pour changer, sauf que là la séquence était déjà prête, elle roulait, il n'y aurait aucun problème et puis je n'avais pas trop de temps pour la nouveauté pédagogique, avec les filles qui venaient de naître, qui entraient à la crèche, à la maternelle, au primaire. Souvent, j'ai honte en pensant à ce que j'aurais pu faire – et à ce qui a été, en réalité.

Pourtant, ça reste un cours où ils chantent. Je suis plutôt fier de ça.

Je chante aussi – mais seul.

Je chante tout et n'importe quoi. Je ne peux pas m'en empêcher. Je prends la Twingo verte de 1998 qui a succédé au scooter noir pourri bas de gamme, et je zappe sur toutes les stations, du coup j'ai des bribes de musique partout, et mon discours est peuplé de phrases de succès anglais et français.

Je ne chante pas à haute voix non plus, faut pas exagérer. Disons que je ne m'en rends même pas compte. Je chante dans ma barbe. Je sifflote. Les élèves, ça les parasite. Ça gêne leur réflexion. Ça empêche leur progression. Ils se plaignent, ils disent : « Si au moins on les connaissait, vos trucs. » Quand j'ai commencé, tout le monde avait les mêmes airs en tête, mais depuis quelques années les téléchargements prolifèrent, les supports se multiplient, les chapelles se créent via les chats et les radios spécialisées, nous ne vivons plus sur les mêmes planètes musicales et il est rare qu'un tube mondial fasse le lien.

Je maintiens qu'on peut expliquer des règles de grammaire avec les plus gros navets de l'industrie discographique. On sait que quand on écrit « pour + verbe », en anglais c'est « to + BV » parce qu'on est né pour être en vie et donc *Born to Be Alive*.

Ils secouent la tête – ils me trouvent lamentable, limite asile psychiatrique. Ils se demandent ce qu'ils vont faire de moi.

Je chante parce que parfois c'est impossible de faire autrement : à l'écoute d'une expression, d'une phrase, d'une proposition, tous mes neurones sautent. Aurélien dit que, dans l'extrait que nous étudions, les deux amis sont comme des frères de sang, des blood brothers, et

tout de suite, j'entends la guitare et la voix de Springs-
teen qui murmure que nous avons nos propres routes à
suivre mais que nous nous souvenons qu'au fond de
nous nous serons toujours des frères de sang, des blood
brothers. Ils sourient – un sourire de côté, un léger
mépris mais de la compassion aussi. Ils attendent que
ça me passe. Quand ils sont dans une veine ironique,
ils me demandent de m'inscrire à la « Nouvelle star ».

Nous ne chantons jamais ensemble.
Je ne suis pas un chef de chorale.

Une fois, si.

Une fois, Fabrice est venu avec sa guitare. Le texte
de McInerney que nous décortiquions, un extrait de
*Bright Lights, Big City*, lui avait fait penser à son morceau préféré du moment. Il a demandé si, par hasard.
J'ai répondu que oui, évidemment. Les paroles d'*Under
the Bridge* ont défilé. La voix n'était pas assurée, mais
les mains de Fabrice étaient comme des colibris sur la
guitare sèche. J'ai bloqué mon émotion dans la gorge,
avant qu'elle ne monte à l'assaut du visage. Je me suis
mis à chanter avec lui – et puis tout le monde s'y est
mis. C'était un rare moment de communion.

J'ai revu Fabrice il y a deux ans. Il revenait voir ses
parents dans la ville où il avait grandi. Pour leur pré-
senter sa fiancée. Nous avons pris un verre ensemble.
Nous avons parlé du présent et de l'avenir, en évitant
de tourner à la réunion d'anciens combattants –
d'autant que nous n'avions pas combattu dans le même
régiment, un bureau nous séparait, en G229. Mais chaque fois que nos regards se croisaient, nous pensions à
la même chose. Ses mains comme des colibris et les

mots qui tournent dans la salle. *Sous le pont, au centre-ville, c'est là que j'ai versé du sang.* Fabrice est devenu éducateur – il utilise souvent sa guitare pour capter l'attention et l'intérêt des gamins dont il s'occupe.

*Dans l'extrait que nous avons étudié, Sherman Alexie parle du pouvoir de la musique et écrit, je cite : « j'imagine que chaque chanson à un sens particulier pour quelqu'un sur la planète ». En fin de séquence, vous nous ferez donc écouter un court extrait de votre morceau préféré ou d'un morceau qui a un sens particulier pour vous et vous nous expliquerez, en deux ou trois minutes, pourquoi vous l'avez choisi.*

*Tout ça en anglais, évidemment.*

*Ils restent un moment les yeux ronds. Ils se grattent la tête. Ils demandent : « N'importe quel titre, monsieur ? » ou « Devant tout le monde, monsieur ? » Ils s'insurgent : « C'est trop perso, monsieur, c'est impossible, c'est abusé, trois minutes c'est long, les autres vont se moquer » – je les fixe du regard bovin que je sais bien adopter et qui prouve à quel point je peux être têtu et obtus. Dans les jours qui suivent, c'est la fièvre.*

*Ils se repassent tout ce qu'ils écoutent ou ont écouté – les années passent, les supports changent. CD, DVD, MP3, iPod, iPhone. Les références naissent, disparaissent, réapparaissent mystérieusement des années après, retombent dans l'oubli. Les figures de la révolte adolescente se déclinent sur le même modèle – Johnny*

Rotten, Joe Strummer, Kurt Cobain, Pete Doherty , c'est un spectacle perpétuel. De derrière mon bureau, un film en accéléré et un résumé des deux dernières décennies, tendance jeunesse urbaine. Le rap s'installe, il se fusionne avec le hard rock pour donner des bandes originales de films de vampires, le R&B lutte pour exister, la variété canonne, comme toujours, le rock se tord, se mord la queue et hurle, le son des boîtes de nuit persiste et signe – invariable, interchangeable, sauf qu'incarné aujourd'hui par des disc-jockeys promus au rang de musiciens.

Jour J. Heure H. Ils et elles sont tendus comme des cordes à linge. L'oral du bac, à côté, c'est de la pisse de chat, parce que là, ce qu'ils et elles vont donner, c'est de l'intérieur, du brut, de l'intime, du ce-que-j'aime-et-pourquoi, et c'est autrement plus raide que de parler du chapitre 20 de Frankenstein ou d'un document inconnu sur les armes à feu aux États-Unis.

Il n'y a jamais personne qui se lance. C'est moi qui dois imposer. Ça ne me gêne pas. C'est mon rôle.

On a le droit à tout.

La première soirée entre potes, la première cuite, la première nuit blanche, le premier baiser, le premier rapport, le premier divorce des parents, le premier enterrement, la première désillusion, la première identité, la première fois que j'ai dit non, la première fois que je me suis dit que c'était la première et dernière fois que.

Surnagent des instants volés, happés par une bulle de savon temporelle.

Marine expliquant sur le No Surprises de Radiohead que cette chanson lui rappelait le moment où sa vie aurait pu basculer parce que Christian venait enfin de *l'embrasser, sauf que cela ne s'était jamais reproduit depuis lors et qu'il n'y avait eu aucune explication, ni dans un sens, ni dans l'autre, alors elle profitait de l'occasion qui lui était offerte, puisque Christian était là, assis au fond de la salle, de lui demander pourquoi, merde, pourquoi ?*

*Thibaut et l'*Us and Them *des Floyd, parce que, le soir, assis sur le rebord de la fenêtre de sa chambre, il se demandait ce qu'il allait devenir, comment tout cela allait évoluer, sa vie, celle des autres – il se faisait des films, tiens peut-être qu'il en ferait, plus tard, va savoir, des films.*

*Ludivine, extrêmement discrète, bonne élève, timide, faisant presque exploser les haut-parleurs avec un groupe de death-thrash dont je ne connais pas le nom puisque je ne savais même pas que le death-trash exis- tait – des insanités vomies dans un micro par des voix furieuses, Ludivine précisant qu'elle est elle-même chanteuse de death-trash (et en donnant un exemple qui me cloue au mur de peur et de surprise) et qu'elle se produit en concert la semaine suivante dans un fes- tival relativement important avec son groupe Les Éven- treuses de chats.*

*Guillaume, qui présente un morceau de Muse, parle de sa passion pour ce groupe, tout ça est bien emballé, bien léché, très rond. Petit sourire. Il ajoute qu'il tient aussi à nous faire écouter un autre titre. C'est une spéciale dédicace pour moi, de la part de son oncle, avec lequel j'ai été élève. Il glisse une antique cassette audio dans le non moins antique magnétophone. Ma voix. Celle de Jérôme. Nous avons quinze ans. Nous massacrons* London Calling. *Je me sens rougir jusqu'aux oreilles, mais ce n'est pas ça qui me tue. Ce qui me tue, c'est le temps. Et sa permanence. Je suis obligé de quitter le cours en pressant le pas.*

On s'engueule.

Faut pas croire. On ne vit pas à Eurodisney. On s'énerve. Enfin, *je* m'énerve. En plus, ils n'ont pas le droit de répliquer, parce que c'est moi l'autorité, vingt dieux. Je fais des généralités. Vous n'avez pas bossé, c'est incroyable, mais comment vous croyez que vous allez l'avoir, l'examen ? Je répète des phrases que j'ai entendues quand j'étais à leur place. Les verbes irréguliers, c'est pas trop dur à apprendre, non ? Et pourquoi on écrit le cours au tableau à la fin de l'heure, c'est pour faire joli ? Je monte sur mes grands chevaux, je pars au galop pourfendre les hordes de Huns derrière lesquels la grammaire anglaise ne repousse pas.

Ils baissent les épaules. Ils évitent de croiser mon regard. Ils savent qu'un prof qui gueule, faut pas le contredire, ça va lui passer, ça lui passe toujours. Il y en a forcément un ou une au fond qui plisse les lèvres et qui se demande depuis combien de temps je n'ai pas fait l'amour avec ma femme ou ce que j'ai mangé au déjeuner qui n'est pas passé. Je le sais, mais ça ne m'empêche pas de m'énerver.

Deux minutes de phase haute, la voix qui prend de la puissance et de l'ampleur, on va voir qui c'est le chef, ici. Deux minutes de temporisation, bon, je sais que vous êtes fatigués, qu'il y avait l'interro de maths, que vous vous dites que ça ne sert à rien, que votre sœur vous a gonflé toute la soirée, mais quand même. Deux minutes de supplication, vous me fendez le cœur, vous ne recommencerez plus, hein, promis, juré. Et deux minutes de finale, conclusion logique, reprise des arguments, et maintenant on repart ensemble vers de nouveaux horizons culturels. Ils bougent sur leurs chaises. Ils retrouvent la page du manuel. Ils font tout ce qu'on leur dit de faire.

Je m'engueule.

Je m'engueule parce que je n'ai pas le courage de leur faire plus de cinq minutes de remontrances alors que parfois, hein, il faudrait y passer l'heure. Je m'engueule parce que je sais que c'est à cause de cet imbécile de collègue qui m'a tapé sur les nerfs à la cantine, des USA qui refusent de signer le protocole de Kyoto, du plombier qui devait passer cet après-midi mais qui vient de rappeler pour dire qu'il a un empêchement et on est dans la merde jusqu'à demain, au moins.

Je fais pleurer – je n'ai jamais prétendu être un ange. Je m'en prends à un ou une qui était en train de discuter avec son voisin (« Mais je lui demandais du blanc, monsieur ! »), je fais dans l'injustice et la barbarie la plus totale, j'attends que ça craque, après je me sens mieux, je suis un vrai pourri.

Ils m'engueulent.

Ils disent que c'est pas vrai que Keating est un fasciste dans *Le Cercle des poètes disparus*, ils prétendent que je n'y connais rien en cinéma, en musique, en littérature et que *Twilight*, ça, au moins, c'est une vraie histoire d'amour. Ils pètent les plombs, clament que j'ai mes têtes ou que comme ils ont eu 7 au premier devoir, ils auront 7 toute l'année. Ils boudent. Ils m'ignorent. Ils font le travail du bout des doigts et répondent du bout des lèvres, parce que cette histoire de ne pas organiser le voyage en Angleterre, c'est vraiment trop bidon, parce que le texte il craint, on se demande bien ce qu'il y a à dire dessus, parce que c'est abusé, 8 pour un essai sur lequel on a passé tout le week-end, parce que c'est n'importe quoi de les avoir accusés d'avoir utilisé le traducteur électronique pour leur version.

Ça hurle aussi, un étage plus bas, dans la salle des profs. On supporte plus Machin, le prof principal des secondes D, parce qu'il a fait un coup de salaud, il a carrément parlé de nous pendant son cours, comme si c'était son rôle. On s'ignore, on se bat froid, on lève le nez quand les autres arrivent, on choisit son camp, on n'est pas systématiquement contre l'administration, mais faudrait voir à pas exagérer dans l'autre sens non plus, hein, c'est pas des postes dans l'administration qu'on supprime, c'est des postes de prof, alors si personne ne fait rien !

On se fait des amis, des ennemis, des coups bas, des sourires. On se soutient. On en a marre du boulot, des gosses à la maison, du père qui met des années à mourir, de la maison de retraite de la mère, des visites à l'hôpital, de la maison qui ne tient pas debout, de la grande qui fait sa crise d'adolescence, comme si j'avais pas déjà assez à faire ici avec les élèves.

On s'invite et puis on s'exclut, parce qu'on a été froissé, parce qu'on s'est rendu compte qu'on ne pensait pas pareil, parce que, ah non merci, les soirées à parler que du lycée, ça va, j'ai autre chose dans ma vie, moi.

On claque la porte en hurlant, j'en ai ras le bol de ce bahut. On entend en écho sa voix, vingt ans, trente ans plus tôt, quand on claquait la porte de la maison en hurlant : J'en ai ras-le-bol de cette maison. On est perturbés, du coup : est-ce que ça voudrait dire qu'on en est toujours au même point ?

On sort de la G229 et on entend dans notre dos :
« Encore ! Mais il y en a qui sont vraiment payés à ne
rien faire ! »

On se déplace.

On planifie un voyage pédagogique. Un voyage
pédagogique, ce n'est pas du tout du tout des vacances
avant l'heure, ou alors c'est qu'on imagine que les
vacances, c'est trimballer trente ados survoltés et/ou
râleurs pendant une semaine. Il y en a pour qui c'est
le cas. Il y en a d'autres pour lesquels c'est un sacrifice
rituel. On aurait tendance à appartenir à ce groupe-là.
Mais alors pourquoi organiser un voyage pédagogique ? Parce qu'autrement on se sent nul de ne pas
organiser un voyage pédagogique alors que tous les
établissements organisent des voyages pédagogiques.
On craint d'être stigmatisés par une kyrielle de parents
d'élèves et d'autorités diverses. On vous sourit mais,
sous le manteau, on glisse quand même qu'« ils n'organisent jamais de voyages pédagogiques », et on hoche
la tête – pas besoin de faire un dessin, ça veut tout dire,
c'est fonctionnaire et tout le toutim.

Et aussi parce qu'on est d'incorrigibles optimistes.
On bâtit des châteaux en Espagne alors qu'on va en
Angleterre. On s'imagine des souvenirs inoubliables

pour les élèves, un temps radieux sur Londres/ Oxford/ Bath (appelé aussi le triangle des Bermudes des enseignants de langues – ou TBEL, pour les initiés de l'Éduc nat), des familles accueillantes, ravies et la larme à l'œil au moment de se séparer des ouailles qu'elles ont hébergées pendant quatre jours, des « oh » et des « ah » devant la litanie des monuments britanniques, des vocations qui voient le jour (« Plus tard, moi, je veux habiter en Angleterre, monsieur ! »), des instants gravés sur la peau.

Des trucs qui nous sont arrivés à nous – et qui ont décidé de notre orientation vers le professorat. En 1978, j'ai pour la première fois traversé la Manche – et une frontière (à moins que ne compte l'annuelle visite à Irun pour acheter du porto et dire qu'on est allés en Espagne pendant les vacances). J'avais quatorze ans. Aucun de mes copains d'enfance ne m'accompagnait. Je n'avais pas du tout envie d'y aller, mais mes parents ont insisté parce que « c'était une occasion unique qu'ils n'avaient jamais eue » et parce que « les voyages forment la jeunesse ». Trois jours d'hôtel pourri dans l'East End, un pèlerinage à Buckingham (« Oh ! le drapeau est hissé ! La reine est là ! The Queen is here ! »), un passage éclair à la National Gallery, un détour par Carnaby Street, mais sévèrement encadré parce que « c'est le quartier des jeunes, ce n'est pas pour vous ! ». Des images enracinées – les pennies qu'on devait glisser dans les fentes prévues à cet effet si on voulait du chauffage ou de l'eau tiède pour la douche, les punks, déjà morts, déjà sans futur, déjà dépassés, déjà stars des cartes postales, les jonquilles dans les parcs, daffodils reste un de mes mots préférés en anglais, et je sais que ça date de là.

De là et du baiser d'Anne dans le parc de Russell Square, le groupe était déjà parti devant, nous avons failli les perdre.

De là et de la première cigarette menthol de la marque Kool fumée à la sauvette tandis que madame C. s'extasiait devant le drapeau de la Queen qui était here.

De là et de la première gorgée de Guinness bue dans la chambre de l'hôtel, à la sauvette : Nicolas, qui faisait beaucoup plus que son âge, avait acheté une cannette en douce, nous étions vingt dans le dortoir, la cannette faisait trente-trois centilitres, nous avons tous prétendus être saouls.

De là et des sonorités étranges – ces sons qui vocalisent, ces « w » et ces « y » qui peuplent les Scrabble britanniques, ces accents de mots, de phrases, de région, de pays, du monde.

On organise des voyages pédagogiques pour revivre ces moments-là par procuration. Mais force est de constater que plus les années passent et moins le charme opère. D'abord parce que, pour de nombreux élèves, ce n'est pas la première traversée du Channel – ils y sont déjà allés il y a deux, quatre, six ans, avec leurs parents, leur parrain, leur grand-mère, le collège, un organisme privé. Ils ont déjà tout vu, madame Tussaud, le Big Ben, Camden et même la Tate Modern et le London Eye. Le tourisme est devenu une denrée de consommation en vingt ans, et nous le prenons en pleine face. Les élèves qui ne sont jamais allés en Grande-Bretagne n'iront pas – leurs familles n'ont pas assez d'argent pour s'acquitter des deux cent cinquante euros au minimum que coûtent les cinq jours dans les îles Britanniques. On leur dit qu'ils peuvent se faire aider par le fonds social, ils feignent l'intérêt, ils ne remplissent pas le dossier – parce qu'ils savent très bien que, sur place, ils n'auront pas un radis alors que les autres claqueront le fric de leurs parents dans des boutiques de fringues qui ont leur exact équivalent en France désormais.

Mais fi de tout cela !

On décide quand même d'organiser un voyage pédagogique, parce que c'est important, parce que l'anglais est une langue vivante et que cette langue vivante, il faut la voir vivre à défaut de la parler, puisque les élèves la parleront très peu durant le séjour, à part avec leurs enseignants (« The Queen is here ! »). Et puis on a envie de connaître un peu mieux tel ou tel collègue qui n'est là que depuis deux ou trois ans et que l'on croise tous les jours, qui a l'air vraiment sympa et un voyage pédagogique, c'est l'occasion ou jamais, cinq jours, vingt-quatre heures sur vingt-quatre dans des conditions déplorables, ça vous forge une amitié ou une détestation pour les siècles à venir.

On fait passer des feuilles d'inscription, on fait remplir des chèques à l'ordre de monsieur l'agent comptable et on spécifie bien que « non non non nous on ne touche rien là-dessus », on réunit les parents, on a préparé un petit topo, ronéotypé (début des années quatre-vingt-dix), sorti de l'imprimante et photocopié (fin des années quatre-vingt-dix), en couleurs, avec de jolis motifs pour montrer qu'on maîtrise très très bien le traitement de texte (début des années deux mille), avec vidéoprojecteur et présentation Power Point, histoire de dire qu'on n'a rien à envier à la business school de la ville, qui ne s'appelle plus école de commerce depuis au moins trois ans (fin des années deux mille).

On a l'air sérieux, grave, limite Roger Gicquel dans les années soixante-dix. On fronce le sourcil en scandant les consignes – les papiers d'identité, l'autorisation de sortie du territoire, les vêtements à emporter, notamment les chaussures (« Pas de Converse, s'il vous plaît, des vraies chaussures de sport, mais dans lesquelles vous serez à l'aise pour marcher des kilomètres, pardon, des miles, ah ah ah ! »). On répond à la sempiternelle question sur le temps libre (« Est-ce qu'on aura du temps libre ? », reformulée depuis peu par les parents : « Les élèves auront-ils la possibilité d'appréhender la réalité de la ville par eux-mêmes ? »), on évoque les problèmes des vols (« Vous savez qu'à Douvres, par exemple, certains magasins sont maintenant interdits aux groupes de jeunes Français, à cause du nombre élevé de larcins qu'ils ont commis »), on devient lyrique, on assène que nos enfants vont en quelque sorte représenter la France à l'étranger, on n'en revient pas des énormités qu'on prononce, on se dédouble (à l'intérieur, une voix narquoise martèle : « Eh ben celle-là, si on t'avait dit un jour que tu la sortirais, tu n'y aurais pas cru ! »), on évoque les familles d'accueil, on admet que oui, ce n'est pas toujours rose, les familles qui reçoivent font souvent ça pour de l'argent, mais on assure qu'on veillera au grain et que, la plupart du temps, tout se passe très bien, d'ailleurs, voyez-vous, nous aussi, les accompagnateurs (au nombre de trois, deux profs et une surveillante qu'on doit appeler maintenant « assistante d'éducation »), nous serons logés dans une famille. « Tous les trois dans la même ? » « Oui, tous les trois dans la même. »

Le fait est.

Non seulement trois dans la même maison, mais aussi trois dans la même chambre, le fils aîné de la famille d'accueil est revenu sans prévenir pour la semaine, alors on se tasse, on se pousse, on fait de la place et tant pis pour la différence de sexe – un homme, deux femmes, la promiscuité fait l'amitié. Trois dans une chambre de quinze mètres carrés, avec des draps trop petits qui laissent les pieds à l'air dans une demeure où le chauffage semble n'avoir jamais été branché. Trois adultes très différents, en sexe donc, en âge (quarante-cinq, trente-cinq, vingt-cinq), en intérêts et en habitudes. La surveillante passe son temps sur son téléphone portable high-tech à appeler le mec dont elle vient de se séparer deux jours avant le départ, et elle tourne sur le palier de la chambre en pleurant toutes les larmes de son corps. Ma collègue est malade, ses deux enfants de sept et onze ans l'ont menacée de ne plus jamais lui adresser la parole si elle partait ENCORE en Angleterre sans eux et si elle les casait comme d'habitude chez mamie Moustache – ce qui s'est bien entendu passé ainsi. Elle se demande ce qu'elle fait là. La surveillante se demande ce qu'elle fait là. Moi, je ne me demande plus rien. J'ai en ligne de mire la sortie du tunnel au bout des cinq jours.

On arpente Londres. Ils se plaignent qu'ils ont mal aux pieds, qu'ils sont épuisés, qu'on pourrait faire une pause (« C'est quand le temps libre ? »).

On découvre. On écoute les commentaires des guides. Pour la dix-huitième fois, on fait semblant d'apprendre l'histoire de la Tour de Londres/de l'Ash-molean Museum d'Oxford/des bains romains à Bath.

Parfois, l'actualité nous rattrape. Oxford qui devenait lassant se voit soudain paré de tous les attributs de Harry Potter et les visites s'en trouvent modifiées. On s'extasie devant les lieux où ont été tournées certaines scènes du film. On explique que ceux qui jouent les professeurs sont parmi les plus grands acteurs britanniques, on cite des noms, des films, Kenneth Branagh, Emma Thompson, Hugh Grant – ils hochent la tête, ils n'en ont pas grand-chose à cirer, les héros, ce ne sont pas eux, ce sont Ron, Hermione et Harry, les héros appartiennent à la génération future.

On se retrouve ensemble dans des bus, des trains, des voiturettes métalliques qui nous font découvrir la vie aux XVe, XVIIIe, XXe siècles sous les Tudors, les Stuarts, Elizabeth I, Victoria – on bouffe de l'histoire à ne plus savoir qu'en faire. On les traîne dans les musées, du costume, du portrait, de la marine, de peinture, du cinéma, d'histoire naturelle, de la science. Ils traversent les salles à toute vitesse et se retrouvent ensemble au bout d'une demi-heure dans les cafés qui ont été aménagés dans l'enceinte du bâtiment ou juste à côté. On vocifère, on peste, mais en fait, on fait comme eux. Un musée, c'est bien quand on vient voir quelque chose de précis avec une étude en tête. Autrement, c'est surtout bien de dire qu'on y est allé. Et puis, quand on étudiera un tableau de Hogarth, par exemple, on lancera : « Vous vous souvenez, ceux qui ont fait le voyage en Angleterre, l'an dernier, on l'a vu, celui-là ! » Ils diront : « Ah oui ! », alors qu'ils ne seront pas entrés dans la salle ou que le tableau aura été transféré à ce moment-là au Rijksmuseum d'Amsterdam.

On fait corps. Deux têtes – la surveillante, on ne peut vraiment pas compter dessus, elle est encore pendue au téléphone, elle ne s'occupe absolument pas des gamins, surtout qu'elle n'a pas beaucoup de différence d'âge avec eux, un peu plus elle se vengerait de son ex avec le grand Yoann qui fait beaucoup plus que ses seize ans. Deux têtes et plein de corps – une vingtaine, soit quarante jambes et quarante bras, qui suivent. Sur les avenues, on dirait papa et maman poule et leur basse-cour. Les Anglais sourient. Ça ressemble surtout à un groupe de Français avec deux accompagnateurs et demi. Ça tombe bien. On demande à la dame qui a formulé cette gentille remarque à quoi elle reconnaît ça – elle répond avec un sourire acerbe que les Français, c'est les moins disciplinés, avec les Italiens aussi, il faut le remarquer. On manque de lui en retourner une. On se retrouve punk de dix-sept ans en train de cracher sur les vieilles. On se sent paradoxalement plus britannique que jamais – mais on se figure encore du côté des jeunes rebelles.

On mange mal – on le sait, tout le monde le sait, et pourtant, avec le temps, tout a changé dans le domaine culinaire. On avait l'habitude des petits pois phosphorescents et des carottes d'un orange suspect, du breakfast tea par litres, de la Marmite, et de la sauce à la menthe. Les années et l'intégration des minorités dans tous les domaines – télé, députés, sportifs, chanteurs, acteurs, profs – ont diversifié d'un grand coup la cuisine britannique, lui donnant du relief, des épices, des hots et des milds, tandis que, parallèlement, elle s'ouvrait aussi au Sud-Est asiatique, à l'Amérique du Sud et à l'Afrique. Les enseignes des restaurants dans les villes témoignent de la richesse et de la variété des senteurs.

Dans les familles d'accueil, c'est différent.

Les effluves de cuisine indienne ne sont dus qu'à un chicken tikka surgelé premier prix réchauffé au micro-ondes et servi avec un chapati qui casse sans même qu'on l'ait touché. Le riz cantonais n'a de cantonais que le nom sur la boîte. L'Amérique du Sud se limite à une conserve de chili con came à peine réchauffée.

Et puis il y a les sandwiches.

Les indémodables, indétrônables, inoubliables sandwiches du déjeuner. On a mis en garde les élèves – les Britanniques ont des habitudes alimentaires très différentes des nôtres, par exemple, le midi, ils mangent peu, un sandwich, une salade, un fruit, une bouteille d'eau, donc certains d'entre vous auront peut-être un peu faim le midi, prévoyez de l'argent pour vous acheter un petit complément, un paquet de gâteaux par exemple.

Ils regardent avec dégoût leurs tranches de concombre noyées dans le fromage blanc, leur œuf mimosa avec deux tomates cerises, leur pâté de foie avec des cornichons anglicans – ils font « behh » parfois, mais majoritairement, ils se sustentent quand même. En trois minutes. Et après, ils se plaignent d'être encore affamés. Alors ils se jettent sur les barres chocolatées qui dégueulent des kiosques, ils poussent de petits cris parce qu'ils ont trouvé les mêmes qu'à la maison, ils engloutissent, ils sont contents, ils sont repus. Ils sont une vraie pub pour la junk food qu'ils apprennent à mépriser dans leur cours d'anglais – parce que, répètent-ils en chœur, c'est à cause de la junk food et de la télévision que les futures générations d'Américains seront obèses.

On se désole à deux (pas à trois, la surveillante va bientôt se suicider en avalant son portable) – tout en descendant des paquets d'infâmes gâteaux au citron d'un jaune inquiétant, on adore, ça nous rappelle l'enfance, on trouve ça terriblement régressif mais tellement bon –, on est des modèles.

On a des problèmes avec les familles. Il faut changer deux élèves qui dorment sur un Clic-Clac dans le salon parce qu'il y a déjà trois Japonais et deux Allemandes dans les chambres, et une seule salle de bains. On trouve une solution in extremis. Ils viennent habiter avec nous, parce que le fils aîné de notre hôtesse doit passer le reste du séjour en taule pour trafics divers – il y a donc une chambre de libre. On serre les dents. On sourit. On dit : « C'est une magnifique opportunité pour nos élèves de découvrir une culture étrangère. » On fait un nœud à son mouchoir. On se rappelle que plus jamais jamais jamais ça.

Je n'en reviens pas de vous trouver sur Facebook, je pensais que ce n'était que pour les jeunes. Lol, mdr – et toutes ces expressions qui n'appartiennent même pas à ma génération parce que, moi, j'ai trente-quatre ans la semaine prochaine. Voilà, je voulais juste vous dire que je suis prof de français en Angleterre. Je travaille à Londres et souvent, quand je repasse par Hyde Park, je pense à vous et au voyage en Angleterre. J'imagine qu'il a compté dans ma décision de venir tenter ma chance ici. Je crois que je suis tombé amoureux de l'Angleterre pendant un voyage scolaire – c'est débile, non ? Peut-être que non, après tout. Enfin, voilà. Un petit mot, juste pour vous dire que j'ai traversé Hyde Park tout à l'heure, il faisait beau, j'ai eu envie de plonger dans la Serpentine, mais je me suis dit que je l'avais déjà fait une fois, il y a très longtemps – vous vous souvenez que je suis tombé de la barque à force de faire l'imbécile ?

A.C.

Une petite carte postale parce que ça fait longtemps que je veux en écrire une. Si on m'avait dit un jour que j'habiterais là, je n'y aurais pas cru. Si on m'avait dit un jour que je travaillerais chez N. et que ma vie serait britannique, je n'y aurais pas cru non plus. Si on m'avait dit que je rencontrerais régulièrement Tony Parker pour les campagnes de promotion de notre marque, pareil. Si on m'avait dit que vous ne bougeriez pas vos fesses en vingt ans et que vous resteriez tout le temps dans le même lycée (et dans la même salle, si ça se trouve !), je ne sais pas pourquoi, je crois que ça ne m'aurait pas surpris, ça.

Youri B.


Hi !

Je ne vous demande pas ce que vous devenez parce qu'on s'en doute (mouhahaha), encore que, j'aurais jamais cru que vous auriez (ayez ? auriez ? je m'y perds en français maintenant) une Facebook page. Vous ne vous rappelez plus de moi, je ne vous ai jamais eu en cours, mais je suis partie en voyage avec vous à Bath, Oxford et Londres, mais si, vous vous souvenez peut-être, on a été obligé, Patricia et moi, de nous changer de maison tellement il y avait de monde dans l'autre, enfin bref, tout ça pour dire que, tatata, je suis maintenant mariée avec un Anglais francophile (eh oui, il y en a), j'ai deux enfants, si un jour vous passez par Chesterfield, n'hésitez pas à me donner un coup de fil, je vous ferai rencontrer ma famille. Bises. C. E. – en $1^{re}$ L en 1997.


Dear,

Merci pour ton mail. Je suis toujours contente d'avoir de tes nouvelles. Je vois que ta vie suit son cours. La mienne aussi. Comme tu le sais, j'ai obtenu ma mutation à Bordeaux, mais je ne m'étais pas rendu compte à quel point l'académie était grande. Bordeaux, c'est aussi loin du bled où j'enseigne que la Manche de la ville où tu habites, et j'exagère à peine. En parlant de Manche, tu as eu des nouvelles de Linda, tu *sais, la pionne qui téléphonait à son copain tous les jours ? Figure-toi que je repense à ce voyage avec nostalgie parfois (incroyable, non ?), simplement parce qu'ici il n'y en a pas. Quand ils vont à l'étranger, ils vont en Espagne, budget oblige. On s'appelle vite ? Je te redonne mon numéro ?*

*A. B.*

*Oh ! C'est monsieur B. ! Dites donc, votre photo de profil, elle date de quand ? (meuh non, je me moque pas...) – un petit coucou, on a parlé de vous il y a pas longtemps, on se rappelait le voyage en Angleterre, les trucs qui se sont passés là-bas et dont vous étiez même pas au courant, je vous explique pas... d'ailleurs, une des conséquences directes, c'est mon mariage dans trois mois... Eh oui, je me marie avec Geoffrey, on se connaissait déjà avant le voyage, mais c'est pendant que, enfin, vous comprenez... Sans rancune, hein ? Et bonne année !*

*Alexandra, ex 1<sup>re</sup> ES2, promo 2000.*

*@jp*
*Dis, t'es sûr que tu ne veux pas m'accompagner pour le voyage cette année ? Isa est enceinte, elle en sera au sixième mois en avril, elle ne veut pas prendre de risques. Alors j'ai pensé que... On changera, on ira à Cambridge, si tu veux.*

*Bon réfléchis-y, les élèves sont à bloc, donne-moi ta réponse dès que tu peux.*

Ils s'aiment.

On regarde du coin de l'œil. On esquisse un sourire, mais on ne va pas se laisser déstabiliser pour si peu. Surtout que ça couve depuis déjà quelques semaines. Ils ont déjà été déplacés parce qu'ils se chamaillaient tout le temps – coups de surligneur, dessins sur les agendas, ricanements, chatouillis, la totale maternelle. Ce n'est pas un scoop. Sauf que là le U est traversé par un rayon laser de regards qui va de la deuxième table près du bureau à gauche à la quatrième table à droite et qu'on a l'impression à chaque fois qu'on s'avance dans la salle d'entrée dans un jardin privé.

Autour, ça s'agite un peu, des petits rires, des mains qu'on pousse, des murmures.

On joue un peu. On se poste dans le U juste entre les deux tables de façon à ce qu'ils ne puissent plus rester les yeux rivés les uns dans les autres. On fait obstacle avec son corps. Du coup, ils se réveillent. Ils hésitent entre le rougissement coupable et l'agacement temporaire. On entend les phrases qui leur passent par la tête – qu'est-ce qu'il fout là, le vieux ? Dégage. On recule d'un pas, on avance de deux, ils font des mouvements de tête, ils se contorsionnent, de vrais gymnastes. On a envie de les enquiquiner un peu. De se moquer. On a envie de dire : ça va, on ne va pas en faire un fromage non plus, vous pensez que vous êtes les premiers ? On en serait presque à s'approcher d'eux et à leur faire « bouh ! » ou à claquer un dictionnaire sur le bureau pour les faire sursauter. On a du mal à ne pas être le centre d'attention. Et on sait que la seule arme qui fasse sauter les dictatures, c'est l'amour.

Et puis, au bout d'un moment, on abandonne. On se lasse, mais plus sûrement encore, on est attendri. On ne peut pas s'en empêcher. On pense à cette fille aux cheveux blonds dont on avait gravé les initiales sur sa trousse, en sixième. Aux heures d'histoire-géo passées à fixer une nuque et à échafauder les scénarios possibles pour que cette nuque se retourne et vous gratifie du plus beau des sourires. On fond. On devient niais. La niaiserie, c'est contagieux, et puis c'est confortable, on aime bien se vautrer dedans de temps en temps.

On jette un coup d'œil pendant qu'ils recopient le cours. Ils alternent – leurs regards forment un triangle inédit tableau-cahier-partenaire, des figures géométriques qui s'allument et s'éteignent comme les guirlandes des sapins de Noël. On pense tout à coup que ça restera ancré dans leurs mémoires. L'heure de cours, juste après la déclaration. Juste après le baiser qui scelle l'union dans la cour, la montée de l'escalier, le coin du couloir. Cette façon qu'ils avaient de s'observer. Cette chaleur dans tous les membres et l'impression d'être un glaçon au fond d'un verre. On pense à ses propres enfants, aux premiers chagrins qu'il a fallu consoler parce qu'un machin de douze ans a osé dire à mademoiselle qu'elle était moche ou naze ou trop strange. Parce qu'un gnome de treize ans a dit : « Non pas avec toi pas là pas de bisou pas de câlin et puis quoi encore ? ».

On remonte dans le temps. On se retrouve dans cette boum la fois où cette fille a décidé qu'il était l'heure de vous plaquer et d'aller voir ailleurs si elle y était, le retournement des organes à l'intérieur, le goût de métal dans la bouche et l'avenir comme un immense trou noir, rien ne compte, plus rien ne compte.

On retrouve au passage des vagues de prénoms, les modes qui se succèdent, les Isabelle, les Valérie, les Véronique sur lesquelles prennent le pas les Élise, les Vanessa, les Cécile, suivies cette fois par le cortège des Manon, des Marion, des Justine. Des plages de filles contre lesquelles se brisent des océans de garçons.

Et bientôt, on n'est plus là, le tableau, les tables, le U, le rétroprojecteur, le vidéoprojecteur, tout disparaît – on est dans vingt, trente ou quarante ans, le climat s'est déchaîné, les humains se terrent, il n'y a plus d'école depuis longtemps, sur les parkings déserts les chariots des supermarchés rouillent et se renversent. Ne reste, comme alternative au désastre, que la peau contre la peau, l'oubli dans le corps, la main sur le cou, les doigts dans les cheveux, les mots qui bercent et qui tentent d'amadouer les éléments. Ne reste que les yeux dans les yeux, l'homme a tout perdu sauf l'amour, les critiques les reproches les ironies les sarcasmes les imprécations, tout s'est volatilisé. Dans un monde qui a perdu tous ses repères géographiques, la seule chose qui compte, c'est le toucher, touche-moi touche-moi.

Un bruit de règle qui tombe, un raclement de gorge, un rire qui fuse et on est de retour, violemment, dans la G229. On se passe la main sur les yeux. On se demande ce qui nous prend. Mais on n'arrive pas à chasser les images. Ni le nœud dans la gorge. Ni les larmes qui se cachent sous les replis des paupières tandis que la sonnerie retentit, qu'ils se lèvent et que lui se dirige vers elle, sans sourire, et lui prend le poignet parce qu'il hésite entre la main et le bras. On n'a plus qu'une envie : rentrer. Retrouver, à la maison, des preuves de sentiments puissants. Enfouir sa tête dans le creux de l'épaule de sa femme. Entourer de ses bras ses filles – qui tentent irrémédiablement de se dégager. Qui disent : « Qu'est-ce qu'il y a, papa ? » Et on répond : « Rien. » Parce que, qu'est-ce qu'on pourrait dire d'autre, hein ?

On regarde l'heure, c'est la récré, on a encore deux heures de cours derrière, quand on rentrera chez soi tout à l'heure, il sera six heures, le moment sera passé, il y aura les devoirs, le repas, les douches, les mails, le portable, quelques pages d'un livre et puis la nuit.

On se secoue – on va prendre un café dans la salle des profs.

*
* *

Dans la salle des profs aussi, on s'aime. On s'aime même parfois comme eux, mais alors c'est qu'on vient d'arriver, on est stagiaire ou en début de carrière, on est perdu parce qu'on vient du Sud-Ouest, de Bretagne, de Rhône-Alpes, de l'étranger. On a rempli ses vœux l'an dernier et on n'y a pas prêté plus attention que ça, on s'est bercé d'illusions, on s'est dit : « Oh, il y aura bien un trou de souris par lequel je pourrais me glisser » mais on s'est fourré le doigt dans l'œil jusqu'au coude. On a découvert au début des vacances – horreur!

– qu'on était nommé en Picardie en Lorraine en Champagne-Ardenne ou dans la ceinture parisienne. Les numéros de département se sont mis à tourner dans notre tête – 10, 08, 59, 54, 52, 77, et plus on approchait de Paris, plus ils se décomposaient, 9.3., 9.2., comme un compte à rebours. On a paniqué, on a failli avoir une syncope.

Les vacances ont eu leur effet lénifiant, on était avec son amoureux ou son amoureuse, sur la plage ou dans la campagne, et on ânonnait des mots tendres et des pansements verbaux, mais non, ce n'est que pour une année et après tu auras ta mutation, moi je vais rester là mais je t'attendrai je promets je le jure croix de bois croix de fer si je mens je vais en enfer, et puis tu deviens prof les vacances toutes les six semaines, ce ne sera pas long on se téléphonera textotera webcamisera tous les jours mon amour tout va bien aller, tu ne te rends pas compte de ta chance, fonctionnaire, par les temps qui courent, et puis plus tard, quand on aura des enfants ce sera génial tu seras en congé en même temps qu'eux.

On y a cru.
On y croit tous.

Alors on s'est embarqué un matin de fin août. On a pris le train l'avion la voiture et on s'est retrouvé à six cents kilomètres de chez soi dans un appartement petit moche mais fonctionnel près du centre-ville et des bus, pratique quand on veut se rendre au lycée en transport en commun quand on n'a pas de voiture pas de permis plus de points ou de moteur. On a assisté à la réunion de prérentrée, les cent vingt collègues qui jacassent, qui se connaissent depuis la nuit des temps, qui se racontent leurs vacances et là on a failli craquer de nouveau parce que la trouille la réalité soudaine la solitude. Mais on a été vaillant ou vaillante parce que ce qui est sûr c'est que la vraie vie n'est pas là et qu'on a son amour amour qui nous attend tiens on va lui laisser un message avant que le proviseur parle.

Deux mois, trois mois, une fleur qui s'étiole. Beaucoup plus de travail qu'on ne le croyait, le jonglage perpétuel entre la formation la classe les préparations les corrections. L'annulation du week-end tous les quinze jours parce que pas l'argent pas le temps pas la frite et de l'autre côté l'amour qui ne vient pas alors qu'il ou elle avait promis parce que trop de taf, papa malade, anniversaire du meilleur ami, tournoi de foot. On craque en public, au lycée, dans la salle des profs. Autour, ça s'agite. Mains dans le dos, mines consternées, on peut faire quelque chose ? À la fin de l'interclasse, deux autres stagiaires viennent apporter leur soutien et disent qu'ils vont organiser une soirée. Qu'ils organisent. Avec des stagiaires de nouveaux arrivants des assistants. C'est mou mais c'est chaleureux et puis on évoque des possibilités de colocation pour des appartements moches et fonctionnels mais beaucoup plus grands. On parvient à sourire, surtout à ce/cette prof de SVT qui visiblement s'intéresse à vous et vient lui/elle aussi de l'autre bout de la France. On accepte son invitation à déjeuner dîner dormir petit-déjeuner. On pense à l'autre, loin, on se sent coupable, on refuse d'aller plus loin mais lorsqu'on rentre à la maison, sur le répondeur il y a un message, désolé(e) c'est fini entre nous je suis avec quelqu'un d'autre depuis deux trois huit semaines et maintenant c'est sûr c'est l'homme/la femme de ma vie on peut rester amis si tu veux bonne chance pour la suite clic. On déprime, on casse l'ambiance, on veut se défenestrer et du coup, on cède aux avances du ou de la prof de SVT, on s'embrasse, on couche, tout ça entre deux crises de larmes, on rompt avec le nouveau/la nouvelle, on revient chez ses parents pour les vacances, on attend une explication de l'ex qui ne vient pas, on lui lance des anathèmes, on revient enragé(e) mais peu à peu l'excitation se calme, on repart là où on travaille désormais et il y a des soirées, des relations qu'on se fait, des confidences sur un canapé à deux heures du matin, des mots tendres, une nouvelle aventure et un matin on se réveille dans l'appartement de quelqu'un d'autre et en regardant par la fenêtre on se dit qu'on pourrait vivre ici, finalement, oui ; pourquoi pas, après tout rien ne nous retient plus à Montpellier Bordeaux Limoges, on arrache une page, on devient grand.

Ils n'en perdent pas une miette, bien sûr.

Ils inventent des couples de profs parce qu'ils les ont vus rire ensemble à la cantine, boire un café dans le centre-ville, partager la même voiture. Ils imaginent des histoires, ils sont romantiques mine de rien, avec toujours un garçon un peu plus âgé qui se la joue cynique et qui parle cru, les autres rient mais préfèrent quand même la guimauve. Ils fantasment aussi, la nouvelle prof de philo, le remplaçant d'histoire, le stagiaire de physique-chimie. Ils échangent des blagues salaces et des allusions scabreuses, ils jurent qu'ils vont tout déballer, dire ce qu'ils ont sur le cœur, ça s'est déjà vu des couples profs-élèves, évidemment c'est tabou mais ils en ont parlé à la télé l'autre jour dans une émission.

Ils ne franchissent pas le Rubicon – on est soulagés.

Enfin, en vingt ans, deux ou trois fois, pas plus. Et dans ces cas-là, la marche à suivre est toujours la même, en parler autour de soi, prévenir l'administration, le proviseur adjoint, le proviseur, copieusement engueuler l'amoureux/amoureuse transi(e), lui montrer à quel point il est un nain, elle est une naine alors que nous on est la crème de la crème et pour qui il ou elle se prend à troubler notre quiétude dans notre Olympe de profs, c'est vraiment n'importe quoi, c'est un total manque de respect de notre vie privée alors maintenant on oublie, on efface, on arrête ce délire, quoi.

C'est dégueulasse, mais c'est vital.

On n'a pas envie d'être virés.

Et puis surtout, la chair adolescente – beurk. C'est presque de la consanguinité. On pense à ses frères, sœurs, cousins, père, mère, grands-parents – et puis plus tard, à ses enfants, et on a des haut-le-cœur.

En même temps, on se remet en question. On a été trop coulants, trop copains copains, trop attentifs, on va devenir distants froids hautains. On change, jusqu'à la fin de l'année scolaire. Septembre suivant, les compteurs sont à zéro, l'importun(e) a changé d'établissement ou de vues – on respire de nouveau.

Y a pas que de l'amour.

Y a tout le reste.

Les amitiés qu'on voit se former entre eux, exclusives ou passagères, étouffantes ou libératrices, celles qui permettent de s'affranchir de l'influence de la famille, d'ouvrir le monde, d'amener dans l'existence du sentiment, du sens, une mélodie.

Et puis il y a nous – goguenards.

Leurs rapports avec nous.

On s'aime bien, la plupart du temps. On les trouve attendrissants et niais, incultes et touchants – ils nous le rendent bien, ils nous traitent de vieille peau vieux con monsieur-je-sais-tout ridicule frustré sympa quand même bouché chaleureux naze éclatant rigolo sinistre. Un feu d'artifice de contradictions.

On a envie de leur donner une petite tape sur la tête, une pichenette sur l'épaule, un coup de coude, on ne le fait pas, on a son quant-à-soi. Alors on passe par la parole, on encourage, on sourit – en coin souvent, histoire de ne pas trop flatter non plus –, on se moque gentiment. Et eux, ils ricanent, ils baissent la tête, ils rosissent, ils remercient en murmurant, ou alors ils bravadent, ils bombent le torse pour de faux, ils disent que c'est eux l'avenir.

On les plaint – on les jalouse, aussi.

C'est un galimatias d'impressions et c'est dans cet étang-là qu'on passe les journées, qu'on patauge, qu'on s'embourbe et qu'on brille – on est les rois des fourmis, et on aime ça.

On aime ça.

*G229. 21 novembre. Dix-neuf heures quarante-cinq. Rencontre parents-profs de terminales.*

« *Finalement, tu es resté là, alors.*
— *Comment ça ?*
— *Tu voulais aller où, en Équateur, c'est ça ? Tu nous rebattais les oreilles, avec ton Amérique du Sud !*
— *Je n'en parlais pas tant que ça !*
— *Tu veux rire ! Moi, j'étais persuadée que tu partirais. Que tu ferais des grandes choses, je ne sais pas, moi, que tu réaliserais des films ou que tu écrirais des bouquins.*
— *Eh bien non, tu vois. Bon, on parle de Thomas ?* »
*Les images qui tournent. Elle, dans un imper fuchsia. C'était la mode du fuchsia. Nous attendions à l'arrêt de bus, place Langevin. Elle s'est retournée, soudain, elle s'est collée à moi – nous nous sommes embrassés. Je n'attendais que ça. J'avais seize ans.*

« *Il t'aime bien, tu sais. Je lui ai raconté, pour nous. Il n'en revenait pas. Surtout que, quand même, deux ans, à cet âge-là, ce n'est pas rien.*
— *Je ne suis pas sûr que ça ait été une bonne idée de lui en parler.*

— *Pourquoi ? J'ai rien à cacher à mon fils. Et toi, tu as des enfants ?*

— *Deux filles.*

— *Ah, c'est bien. Moi aussi, il y en a une autre derrière. Elle est au collège, pour l'instant.*

— *Thomas, donc… »*

*Elle, encore. Deux ans plus tard. Près de la fontaine. Nous n'avons échangé que peu de mots. Elle est absente depuis quelque temps.*

*Moi aussi. Nous savons que nous sommes au bout de notre histoire, mais nous ne prenons pas l'initiative de la rupture. Nous sommes inquiets. Nous n'imaginons pas la vie sans l'autre. La vie, pourtant, elle va être longue. Nous nous séparons. Nous jurons de rester en contact. Nous savons que nous ne le ferons pas. Elle, elle veut descendre dans le Sud, devenir juge pour enfants. Moi, je monte vers Paris, Londres, San Francisco, l'Amérique du Sud, le monde, l'univers. Nous sommes persuadés que nous ne nous retrouverons jamais.*

« *Il marche bien, hein ?*

— *Très. C'est vraiment un très bon élève. Il a de la motivation, de l'intérêt. Il participe souvent. Il a de très bonnes bases et il travaille sérieusement, j'en suis très satisfait.*

— *Ça me fait plaisir. Quand il m'a donné le nom de ses profs au début de l'année, ça a été un choc et puis après je me suis dit que c'était sûrement un homonyme vu que je croyais que tu vivais à l'autre bout du monde. On t'a vu en ville, plus tard. Il t'a montré. "C'est mon prof d'anglais." Je t'ai reconnu, tu sais. C'était bizarre.*

— *C'est loin, tout ça.*

— Je sais. Ne crois pas que je regrette quoi que ce soit. C'est juste... je ne trouve pas le mot... Étonnant.

— Émouvant ?

— Aussi.

— Thomas, donc... »

Il est venu un jour, à la fin d'un cours. Il se dandinait. Il avait un bonjour à me transmettre. De la part de sa mère. J'ai haussé les sourcils. Il a donné le nom de jeune fille. J'ai souri, j'ai fait : « Oh », et puis je lui ai répondu de lui adresser le mien en retour, de bonjour. Peu de vagues. Self-control total. Je crois qu'il était un peu déçu. J'ai fermé la porte derrière lui. Je me suis assis au bureau. J'ai regardé dans le vide, longtemps. Le vide était extrêmement peuplé. Au bout d'un moment, je me suis dit : « Allez. Après tout, c'était fatal. C'est une petite ville. Le temps passe. » Je ne me suis pas secoué. On ne peut pas toujours se secouer. On n'a pas toujours envie que la pulpe remonte à la surface. Elle est très bien là où elle est.

« Parfois, je me dis qu'il aurait pu être ton fils.

— Euh... non. L'âge ne colle pas. Et puis on aurait été de très jeunes parents.

— Ce n'est pas ce que je veux dire.

— Je ne comprends pas ce que tu veux dire. »

Haussement d'épaules. Soupir. C'est elle qui reprend.

« Bon, alors, pour Thomas, tout va bien ?

— Oui.

— Il t'a dit ce qu'il voulait faire plus tard ?

— Non. Mais avec les langues comme atout, il a beaucoup de portes ouvertes. Il veut travailler à l'étranger.

— Ah bon ? C'est fréquent maintenant. C'est bien.

— J'espère qu'il ira, lui. »

Pause de l'après-midi. On quitte la G229. On va boire un café à la salle des profs. On sort fumer une clope à la petite grille.

Il y a une grande grille, mais elle est commandée électroniquement de la loge du concierge, elle est moins intime, elle expose à tous les sarcasmes réservés aux fumeurs – alors les fumaillons les derniers des Mohicans les encrassés des poumons les cadavres exquis les cancéreux les trous de la Sécu.
Bref, on n'y va pas.

On est là, dans le vent, à vingt centimètres de l'entrée secondaire du lycée. On est en cercle. Les profs d'un côté, les élèves de l'autre. On échange des infos sur les secondes les premières les terminales le proviseur la CPE les réformes le réchauffement climatique le meilleur plombier le dentiste qui fait le moins mal. À côté, ils parlent des profs de cette année de l'année dernière de l'année d'encore avant du proviseur de la CPE des réformes du réchauffement climatique du meilleur plan pour les boîtes du concert le plus nul de l'année.

Parfois on transgresse.

C'est février, il fait moins deux, on se regarde avec commisération et compassion, on sait qu'on fait partie des pestiférés, on en créerait presque une communauté. Il y en a un ou une qui a oublié son briquet et qui demande du feu. On agrandit le cercle comme si ça allait davantage nous tenir chaud, comme si au milieu il y avait des bûches qui brûlaient, qu'on était dans la rue à Vladivostok. On demande des nouvelles d'un qu'on ne voit plus, on viole le secret professionnel en leur donnant les notes du dernier devoir alors qu'on ne le rend que jeudi et que c'est injuste pour les non-fumeurs. On leur répète que c'est mauvais de fumer et qu'il faudrait arrêter maintenant. On s'autorise une remarque sur une coupe de cheveux un manteau une absence injustifiée. On évoque les études du grand frère qu'on a eu il y a trois ans. On hoche la tête. Ça sonne. On se sépare.

Le lien, ténu, reste.

On rit.

C'est l'une des données principales. On rit. Plusieurs fois par jour. On rit parce que les réponses qu'ils donnent sont totalement hors sujet, parce que l'accent est à couper au couteau, parce qu'ils ont confondu les mots et que les phrases produites sont ahurissantes. On ne se moque pas, on rit simplement, c'est spontané et irrépressible. Ils nous regardent en ouvrant grands les yeux et puis ils commencent à se bidonner aussi parce que le rire, c'est contagieux. Surtout certains. Celui de Morgane D., terminale L. Impossible de reprendre le cours après.

Et puis le mien.

On m'a déjà comparé à de nombreux animaux. On me rapproche le plus souvent du phoque qui joue sur la banquise, du dromadaire en rut ou du lama avant le crachat. Je hoquette, je plisse les yeux, ma voix part dans les octaves supérieures et les larmes viennent très vite. Ça surprend, au début.

J'ai toujours rêvé d'être un mec à la Jean-Pierre Bacri, lançant des remarques spirituelles et sarcastiques d'un air détaché et vaguement absent, avec une voix grave et un léger froncement de sourcils. Le genre de gars capable de lancer une vanne d'une drôlerie irrésistible sans même esquisser un sourire.

Avec les années, j'ai fait mon deuil de ce fantasme-là.

On rit et on raille.

On raille Mary Shelley qui nous assène des dialogues grandiloquents et des poings frappés sur la poitrine. On raille le journaliste qui vocifère que les valeurs fondamentales des États-Unis sont bafouées. On raille le politiquement correct américain, la presse populiste britannique, les mesures proposées tout autour du monde par des maires des députés des ministres des présidents des rois des dictateurs des empereurs. On admet que le plus important, c'est de se railler soi-même. Ce n'est pas difficile.

Ils rient, comme un public de cinéma devant les stars du muet. Buster Keaton. Charlie Chaplin. Sauf que, eux, ils avaient du talent et que leurs gags étaient répétés de nombreuses fois. Mes cascades à moi sortent de nulle part.

Je me prends les pieds dans le fil du magnétophone du rétroprojecteur de la vidéo. Je me cogne au bureau, aux tables de devant, aux tables de derrière, à l'armoire, au rétroprojecteur (encore – c'est peut-être l'objet le plus traître et le plus sournois de la salle, je le soupçonne de se déplacer lorsque je ne fais pas gaffe et de se poster exactement dans ma trajectoire lorsque je commence à arpenter la pièce). Je fais de grands gestes. Je tape du poing sur le bureau et je me fais mal. Je me prends le bas du pull-over trop long dans la rainure du tableau et je continue à écrire de gauche à droite, à droite, à droite, jusqu'à ce qu'un sinistre bruit de craquement envahisse la salle. Je me retourne. Je suis médusé par ma propre imbécillité.

Le pire le mieux, c'est qu'on est tous comme ça.

On marche, on gesticule, on se prend les pieds dans la poubelle et on se demande comment on a fait pour en arriver là. On se coince le doigt dans les portes les chaises les tables. On avance, on recule, tout en continuant à discourir et on se dit mentalement « bon, là, je dois en être à peu près au bureau », on s'assied, c'est une erreur de jugement fatale, le bureau est encore à un mètre, on s'aplatit au beau milieu de la salle, les fiches qu'on tenait à la main volent, on est sonné. On se cogne dans le poste de télévision nouvellement suspendu, on s'ouvre l'arcade sourcilière, les collègues paniquent, ils demandent qui t'a agressé, qui t'a agressé, on pisse le sang, on répond : une télé. On craque sa braguette, son bouton de chemise, son ourlet, l'entrejambe du pantalon, on marche en crabe vers la sortie, on se précipite vers la chaise du bureau, on s'enfuit du cours. On en rit longtemps.

Des échos de ces rires.

Vous les entendez ?
J'espère que oui.

Au moins, on a des zygomatiques musclés.

On est inspectés.

On est dans ses petits souliers.

On sait qu'on ne risque pas grand-chose, à part un plafonnement d'échelon et donc de salaire, mais ça, on s'en fout un peu. Ce qu'on veut, c'est un assentiment. On n'est pas différents des élèves. On a besoin de l'adulte qui dit oui c'est bien – ou au moins, c'est pas mal encourageant en progrès. On a peur du croque-mitaine père Fouettard Chronos dévorant ses enfants qui lancerait c'est lamentable ennuyeux insupportable faux dans le décor nul nul nul.

On joue le jeu : on prévient les élèves et on ne les prévient pas. Ils savent qu'on va être inspectés mais on insiste, ça ne change rien du tout du tout au cours, on fait comme d'habitude, simplement si vous pouviez être un peu plus COOPÉRATIFS et participer autant que vous pouvez au lieu de regarder dehors ça serait quand même sensas bath génial trop de la balle. Ils comprennent bien l'enjeu, ils ne sont pas nés de la dernière pluie. Inspecteur, ils savent – celui qui arrête, qui interroge, qui juge, qui cherche la petite bête et qui la trouve. Police, éducation, même combat. On veut leur expliquer que ce n'est pas ça du tout du tout mais c'est compliqué et ça nous arrange qu'ils s'imaginent des trucs pareils, ils vont se tenir à carreau, alors on laisse passer – surtout qu'au fond on n'est pas sûrs qu'ils aient tort.

Ce jour-là, on est stressés. Pas tellement sur la façon dont le cours va se dérouler, en fait, mais sur la correction de la langue qu'on va employer. On nous a tellement répété qu'on n'était pas fluides, pas riches en lexique, pas assez britanniques, pas assez américains, pas assez cohérents dans l'accent, pas assez bons quoi, qu'on se focalise là-dessus. La veille au soir on a répété pendant des heures les mots qu'on a du mal à retenir ou qu'on prononce mal une fois sur deux. On a mimé. On a exagéré. On a ouvert grand la bouche pour le « o » long. On a révisé la phonétique aussi. C'est notre bête noire, la phonétique. On était élèves à l'époque où la phonétique il ne fallait plus du tout du tout en faire parce que l'important c'était de répéter repeat after me, alors on n'a jamais appris la phonétique. Enfin, on l'a apprise bien sûr, mais bien plus tard et bien plus tard c'était trop tard. On est toujours bancals, en phonétique.

On est en avance. On a bu quatorze tasses de café. On ne peut pas nous toucher. On est électriques. Surtout que c'est une nouvelle inspectrice. Ce n'est pas celui de la dernière fois, il a pris sa retraite. C'est ça, le truc, avec les inspecteurs. On les rencontre, ils ont cinquante-cinq ans, et comme ils ne viennent que tous les cinq ans, une fois sur deux ils ont changé, on a à peine eu le temps de se connaître. En vingt ans de carrière, on en voit quatre ou cinq. Ils sont moins méchants qu'on croirait. Ils sont humains. Ils savent qu'on fait du mieux qu'on peut avec ce qu'on a. Ils se posent des questions. Le problème, c'est que nous, on veut des réponses. Ce qui est impressionnant, au fond, ce n'est pas l'inspecteur, c'est l'inspection elle-même. C'est comme au bac – c'est l'épreuve qui stresse, pas l'examinateur.

On a la voix qui chevrote au début du cours. On se déplace bizarrement. On évite de se cogner dans les tables les chaises le rétroprojecteur le bureau. On écrit bien, limite en attaché, comme au primaire. On détache les mots. On fait des efforts de prononciation. On est content quand il y en a un difficile qui est passé. On est fier comme si on avait exécuté un triple axel un jour de championnat d'Europe de patinage artistique. On s'en veut de réagir comme ça, parce que, merde, on a trente, trente-cinq, quarante, quarante-cinq ans, mais on ne peut pas s'en empêcher. On était un bon élève. On veut le rester.

Et puis après, on oublie.
Comme toujours.
C'est dingue, ça, de s'oublier autant alors que le temps défile.

On bouge, on s'active, le sang coule de nouveau dans les veines, les pieds, les jambes ; les mains, les bras, la tête se désengourdissent et on est dedans. Dans quoi, on ne le sait pas exactement, c'est difficile à définir mais on est définitivement dedans. Dans la place dans le lieu dans le U dans le cours. En plein dedans. On échange on passe la parole on questionne on répond on précise, on appuie sur play on appuie sur stop on dit listen again, on félicite on fronce les sourcils on redevient soi.

À la fin, ça sonne, et là on se rend compte que merde, il/elle était là l'inspecteur/trice, et on ne se souvient même plus exactement de ce qui s'est passé pendant cette heure-là, on a dû faire plein d'erreurs, on a mal minuté la leçon, on n'a rien fait travailler, on a mal expliqué, c'est nul nul nul nul.

Après, on a un entretien avec l'inspecteur/trice dans un petit bureau qui jouxte la loge du concierge. Il/elle dit : « moui » ou « mouais », « pas mal » ou « c'est mieux », mais on n'est jamais nuls nuls nuls ni bien bien bien, on est médiums moyens brises, on a 12/20 en début de carrière et puis lentement on évolue vers 14, 15, parce qu'on a bien écouté les consignes. On n'est pas génial mais on n'est pas au rebut non plus. On peut espérer 17, 18 en fin de carrière, mais après faut pas trop pousser mémère dans les orties non plus parce que 20 c'est pour Dieu ou le président de la République (qui est bilingue). 19,5, c'est pour le ministre de l'Éducation. 19, pour le recteur et 18,5 pour l'inspecteur/trice – « Vous voulez peut-être devenir inspecteur/trice ? » On secoue la tête énergiquement. Non, non, non, on n'aurait pas cette outrecuidance-là.

L'inspecteur/trice développe et argumente et on abonde dans son sens parce que c'est son sens qui est bon. On promet de s'amender de s'améliorer de faire des efforts pour qu'au troisième trimestre de l'existence on soit digne d'avoir une bonne note et peut-être peut-être alors qu'on aura le droit d'effacer le tableau ou de porter le cahier de textes.

On sort du petit bureau qui jouxte la loge du concierge sous l'œil soupçonneux dudit concierge qui pense que les inspecteurs sont là pour nous recadrer quand on a fait une connerie, comme Navarro.

On a les joues en feu et vaguement mal à la tête. On va boire un verre d'eau. On prend un Efferalgan et tous les collègues de toutes les matières viennent vous voir et vous demandent : « Alors ? » On opine du chef. On dit que ça a été, ce n'était pas la mort non plus, bon il y a plein de points à revoir, mais ça va, et puis au moins c'est passé, on est tranquille pour cinq ans.

On souffle.

« J'ai toujours détesté ça, vous savez, le pouvoir sur les autres, l'autoritarisme, la coercition. Je ne crois qu'en la concertation. Le dialogue. C'est comme ça qu'on avance.

— Pourquoi avez-vous passé le concours d'inspectrice, alors ?

— Ben, pour changer les choses, pardi ! »

Elle part d'un rire clair. C'est un samedi après-midi de juin. Il fait beau. Par la fenêtre, je distingue la cathédrale, brouillée par une brume de chaleur. Je suis invité au départ en retraite de l'inspecteur. Ce qui me vaut cet honneur, c'est que l'inspecteur aime lire et que j'ai publié un roman. Et puis il est venu me visiter et je l'ai fait rire. Depuis, il m'a à la bonne. En quittant la G229, il s'est retourné, a regardé la salle de classe et a murmuré : « Ça me manque, parfois, vous savez, la salle, les élèves, les collègues, tout ça. La salle, surtout. C'est bizarre, non ? » J'ai répondu : « Non. » C'était un de ces rares moments où deux êtres humains se comprennent.

L'inspecteur en retraite s'est vu offrir un vélo pour entretenir sa forme. Et puis des tas d'autres cadeaux aussi, un aller-retour en Eurostar pour Londres, des chocolats, une grenouille en peluche parce qu'on est tous des Froggies. Il y a eu beaucoup de rires, d'interjections et de bonne humeur. Rien qui ait réussi à atténuer la frayeur au fond de ses yeux. L'inquiétude du lendemain, je suis qui, je fais quoi.

Je parle avec l'inspectrice qui remplace l'inspecteur. Je la connais depuis longtemps. Elle a quinze ans de plus que moi. Elle était conseillère pédagogique quand j'étais stagiaire. Elle s'appliquait à redonner de la confiance. Elle avait du boulot.

« Mais je n'aurais jamais imaginé qu'il y eût tellement de contraintes administratives. J'ai l'impression de passer mes journées à m'occuper de trucs périphériques. La route, aussi, ça me tue. Sillonner la région toute l'année, faire des milliers de kilomètres, se transformer en VRP. Je n'avais pas anticipé ça… Enfin, bref, je ne vais pas me plaindre non plus. Et vous, ça ne vous tente pas ?

— Du tout du tout. Je suis bien où je suis.

— Faudrait quand même grandir un peu, passer des concours, enseigner à l'université, je ne sais pas, vous n'avez pas l'impression de faire du surplace ?

— Si, mais j'aime bien.

— Vous êtes resté coincé dans votre adolescence, n'est-ce pas ?

— Pardon ?

— Il y a un morceau de vous qui a toujours dix-sept ans et l'autre qui avance. Alors il y a un morceau de vous qui aime bien être avec les gens de dix-sept ans, et l'autre qui avance. Vous n'avez pas peur d'être écartelé ?

— Je ne suis pas sûr de comprendre.

— Je crois que vous comprenez très bien. Ce n'est pas un reproche, hein ! C'est juste un constat. Vous savez, moi, quand je vois les profs, généralement, ma *première réaction, c'est l'attendrissement. Curieux, non ? Personne ne le croirait si je le disais. Et vous, comme les autres, vous m'attendrissez. Bon, cela dit, parfois, ils m'agacent autant qu'ils m'attendrissent, comme mes enfants. Mais je suis consciente qu'ils font tout ce qu'ils peuvent.*

*— Je ne suis pas votre fils, madame.*

*— Oh, je le sais, jeune homme. Vous n'êtes le fils de personne. Bon, on se la boit, cette coupe de champagne ?* »

On s'ennuie.

On surveille un devoir, trois heures sans pause parce qu'il n'y a pas assez de surveillants, pardon d'assistants d'éducation, alors personne pour nous relayer, on a apporté des copies, on en a corrigé dix il en reste vingt-cinq, mais on n'a pas envie, il y a des jours comme ça, on regarde par la fenêtre, on se lève, on se dégourdit les jambes, on jette un coup d'œil à ce qu'ils écrivent mais ils n'aiment pas ça, ils ont tendance à cacher leur feuille, ça les déconcentre, alors on revient au bureau et puis on prend le livre qu'on a apporté, parce qu'on est prévoyants, on sait que trois heures c'est long, on reprend où on en était hier soir, c'est une histoire compliquée sur le sens de la famille, on vou-drait bien se laisser emporter par les pages, mais non, impossible, il y a toujours quelque chose au-delà du bouquin qui vous retient, une craquelure dans le pla-fond, la posture d'un élève, le bâillement d'un autre, une quinte de toux, un doigt qui se lève (« J'peux d'mander du blanc, m'sieur ? »). On finit par dessiner, comme d'habitude. Et comme on n'est pas bons en dessin, on fait des triangles, des losanges et des carrés à l'infini, on s'autoanalyse en trois secondes, on se dit que c'est vraiment bizarre de se fixer comme ça sur des formes géométriques alors qu'on a toujours été nuls en géométrie, on hausse les épaules, on continue, les dessins, ça permet juste de s'échapper ailleurs, de divaguer, de laisser les phrases contenues comme des chevaux dans des box s'évader et filer, les souvenirs remontent à la conscience, un jeudi après-midi de 1977 en cours de français je m'étais demandé si dans trente ans je me souviendrais de cet après-midi-là alors qu'il n'avait rien de particulier, mais en fait si, le truc particulier, c'était d'avoir isolé ce moment-là et d'en avoir fait l'objet d'un pari, et l'écheveau se dévide tandis qu'ils grattent, sur leurs copies. Chacun sa croix, aurait dit ma grand-mère.

On s'ennuie.

C'est un stage une réunion pédagogique une séance d'information. L'inspecteur/trice le proviseur le prof principal nous a réunis pour nous faire part de. Nouveau programme changement de direction état inquiétant des résultats du bac ambiance délétère dans la classe. On hoche la tête, on écoute, faut pas croire, on est attentif, mais ça n'empêche pas de faire des dessins. On en a marre des triangles et des rectangles alors on laisse le crayon aller un peu de lui-même et il construit un mur, brique après brique, on s'autoanalyse en trois secondes, on se dit : « Eh ben dis donc, tu as l'impression d'être où, dans une prison ? », et puis on revoit les marteaux en marche dans le clip d'*Another Brick in the Wall* des Floyd, on a les phrases qui défilent, We don't need no education, we don't need no thought control, même que c'est le prof d'anglais de première qui nous avait fait remarquer que c'était « thought control » et pas « self-control », comme on le disait nous autres les bouffons d'élèves qui n'étaient pas capables d'entendre la différence. On se rappelle une discussion avec une autre collègue, au tout début, est-ce qu'on a le droit en étant prof de faire étudier cette chanson-là aux élèves, alors qu'elle est contre toute forme d'éducation ? On n'a toujours pas trouvé la réponse, on ne l'a jamais proposée aux élèves non plus, de toute façon les Floyd sont enterrés sous des couches musicales superposées, on n'aurait jamais cru quand on avait quinze ans que tout le monde s'en foutrait des Floyd, trente ans après, bon, c'est quand que ça se termine, la réunion ? j'ai des photocopies à faire, moi.

On s'ennuie.

C'est le mois de juin qu'on doit reconquérir.

Le lycée est centre d'examen alors de nombreuses salles sont condamnées – prêtes à recevoir les aspirants bacheliers.

Les terminales sont censés venir mais ils révisent tous pour l'épreuve, et qu'est-ce qu'on peut objecter à leur absence ? Ils arrivent parfois par grappes, trois, quatre, ils veulent réviser un point particulier ou bien ils ne veulent rien réviser du tout du tout, ils sont venus dire bonjour enfin au revoir et pas à bientôt, ils sont venus expérimenter la nostalgie prospective, ils se baladent dans les couloirs en répétant : « Ah là là, ça va nous faire drôle de ne plus être là l'an prochain. »

Les secondes viennent encore, mais on sent la démobilisation, et puis il y a ceux qui ont déjà abandonné parce que leur sort est scellé, redoublement, réorientation, passage dans un autre lycée, une autre section, déménagement, rupture scolaire. Les heures traînent en longueur. Le soleil donne en plein dans la G229, c'est étouffant, on a ouvert toutes les fenêtres, on entend les moineaux et les hirondelles, le vrombissement de la tondeuse, on compte les minutes, on est dans la torpeur.

Dans la salle des profs c'est pareil, on traîne sur les ordinateurs, on regarde les endroits où on n'ira jamais en vacances parce que c'est trop cher, on répond mollement à des mails, on dresse des bilans, on organise vaguement le prochain voyage pédagogique en lisant les brochures.

2007.

*Bac blanc. Avril. Samedi matin. Je surveille les ter-*
*minales de huit à onze. Le roman que j'ai apporté me*
*tombe des mains. Je n'ai aucune copie à corriger,*
*manque de bol. Je me cale bien dans mon siège, je me*
*laisse hypnotiser par le morceau de ciel nuageux qu'on*
*voit des fenêtres de ma salle. Je me déplace silencieu-*
*sement. Je me poste devant la fenêtre. Le samedi matin,*
*le lycée n'est ouvert que pour les devoirs. Le reste du*
*monde est en week-end. Les pelouses sont désertes. La*
*cour aussi. C'est un décor d'apocalypse, quand ils n'y*
*sont pas, quand nous n'y sommes pas. Quand on n'y*
*est pas.*
   *Je réfléchis à un dernier sujet de devoir. De*
*l'expression personnelle. Et cette fois, j'en ai marre*
*des lettres dialogues sujets d'argumentation. Je vou-*
*drais du corps. De la chair. De l'incarné. Un truc qui*
*nous tordrait les tripes. Alexandre fait tomber une*
*règle. Je me retourne. Ils sont tous là, penchés sur les*
*copies, le dos en C majuscule. C'est comme ça qu'ils*
*ont passé la moitié de leur temps, ces trois dernières*
*années. Je me demande ce qu'ils en retiendront, au*
*final, de ce cumul des jours. Tandis que leurs visages*
*s'effaceront de ma mémoire et que seuls leurs noms*

flotteront encore dans la salle. Tandis que leurs traits se creuseront ou s'arrondiront et qu'ils ne seront plus souvent qu'un écho très lointain à leur peau adolescente. Trois ans. Trente semaines en gros dans une année scolaire (trente-deux avec la reconquête du mois de juin) – quatre-vingt-dix semaines donc. Six cent trente jours. Je vais leur demander ça. Je vais écrire au tableau « September 2004-June 2007 ». Et je vais laisser planer les mots, ouverts, en offrande. Trois cents mots au minimum, parce qu'il faut fixer une limite. Un inventaire à la Perec. Un je me souviens de mes jours.

J'hésite. Je ne sais pas si c'est faisable. L'ampleur de la tâche. La masse des images. Le temps de se rappeler. Je vais leur laisser deux semaines pour l'écrire et le mettre en forme. Pas de plan. Pas de thèse antithèse synthèse, il faut peser le pour et le contre, néanmoins cette affirmation a besoin d'être nuancée. Personne ne pourra avoir en dessous de la moyenne mais ils ne le sauront pas avant. C'est peut-être démago, c'est peut-être ridicule, mais je m'en fous, c'est le dernier devoir des terminales, il n'y a plus d'enjeu, je fais ce que je veux, ils font ce qu'ils veulent, on en fera ce qu'on voudra.

Le mardi suivant, je les retrouve, je soumets l'idée dans un silence glacial. Une épouvante. Certains me fixent en pinçant les lèvres – et de quoi il se mêle, lui ? D'autres tripotent le capuchon de leur stylo et tirent déjà des plans sur la comète – ils ont décidé qu'ils ne rendraient rien, faut pas faire chier non plus, on est mi-avril, on a passé le bac blanc, ça va maintenant, place aux révisions. L'échéance – fin du mois. Des haussements d'épaules. Des yeux levés vers le plafond.

*Très peu de questions. Nous reprenons le cours de nos événements. J'ai fait un flop total.*

*Sauf que, dans les deux semaines qui suivent, il y a comme un frémissement. Une tête qui se penche. Un regard qui s'attarde sur l'un, sur l'autre – et des chiffres qui se mettent à danser devant eux, narquois, tendres, ironiques, vicieux et nostalgiques. Ils ne sont pas tout à fait là. Ils sont dans l'avant, dans l'après. Ils sont au bord du précipice. Et avant de déboîter et de foncer, ils lancent un dernier coup d'œil dans le rétroviseur.*

*Ce qu'il en sort.*
*Des journées volées auxquelles on n'a pas assisté – les meilleurs souvenirs sont ceux qu'on a avec ses collègues, mais en dehors du boulot. Des fêtes impromptues dans des quartiers pavillonnaires. Des histoires d'amour avortées. Des engueulades. Des malentendus. Un 19 inespéré à un devoir de français alors qu'ils pensaient être hors sujet. Le jour où la grand-mère le grand-père le copain d'enfance le cousin est mort et toute la famille était là. Le jour où ils ont rencontré les autres – elle lui elle lui elle lui encore – et ils ont formé un groupe une cohorte une assemblée une bande – ils se sont crus à l'abri de la solitude. Des rires, mais c'est difficile à expliquer, les rires. Les rires tombent à plat. Des profs qui passent, à l'arrière-plan, en filigrane. Des manifestations.*

*Alexandre rend son devoir comme tout le monde. Alexandre est discret, un peu timide, bon élève, on lui donnerait le bon Dieu et la confession en même temps. C'est une copie anodine remplie d'une écriture à l'encre noire. Elle ne raconte rien de très original –*

119

*une fête de fin d'année, la peur au ventre pour le bac de français, les rencontres. C'est moins long que d'habitude. Vingt-cinq, trente lignes. Cela s'arrête brutalement et je me force à ne pas inscrire à l'encre rouge, dans la marge, une remarque désobligeante, du type « cela se termine en queue de poisson ». Et puis il y a cette dernière ligne, détachée des autres. Cette ligne qui dit « je ne sais pas raconter, je n'y arrive pas, si ça vous intéresse vraiment, ce que je retiens, alors allez voir sur YouTube, mot de passe X ».*

*Je soupire.*

*Je fais partie de cette génération qui est censée avoir grandi avec les nouveautés technologiques et qui feint de maîtriser les nouveaux outils du savoir, pour cacher la peur panique qu'elle ressent en face des développements incontrôlables de l'informatique. YouTube, j'y suis allé deux ou trois fois pour voir d'anciens clips – et je me suis rendu compte à quel point j'étais loin aujourd'hui des goûts de ma jeunesse.*

*J'y vais quand même. À reculons. Je tape le nom de code. Un seul choix s'affiche. Une vidéo de cinq minutes. Le titre « 2004-2007 – looking back » ; des portraits volés, dans les couloirs, sur les pelouses. Des amis, des ennemis. Des qui s'embrassent, des qui s'enlacent et des qui en viendraient presque aux mains. Et on monte – on monte, premier étage le CDI la salle des profs la G123 (français) la E104 (maths), deuxième étage le labo de langues la salle multimédia la G229 la passerelle qui domine la cour. La cour en grand angle la cour en panoramique la cour à huit heures les lycéens entrent et se dirigent vers les différents bâtiments la cour au milieu de la journée les cris les rires les drames de poche et les joies sans lendemain la cour le soir ils s'en vont tous comme ils étaient venus. Et tout le temps, des visages, des mains, des bras, des épaules, des jambes, des torses, des morceaux de leurs corps.*

*La secousse en moi. Mes terres qui tremblent alors que, depuis des années, je suis persuadé d'avoir élu domicile sur du dur, du roc, du qui résiste aux assauts du temps et aux érosions de l'émotion. Je ne comprends pas exactement ce qui se meut à l'intérieur, mais le glissement est profond et il entraîne avec lui des pans entiers de mon existence. Les yeux me piquent. Devant l'écran de l'ordinateur, je me masse le nez, je suis conscient que je ne berne personne – et pas même moi. C'est pour cela que je fais ce métier. C'est pour cela que nous le faisons tous. Parce qu'ils sont là. Parce qu'ils vivent – et que nous vivons avec eux.*

On apprend des nouvelles.

On arrive dans le couloir et déjà, là, ça bruisse, ça chuchote, ça se retourne, ça pleurniche ou ça rit sous cape, ça dépend du scoop. C'est passé par les auto-radios dans les voitures ou dans les cars de ramassage, par les rumeurs de parking, par la télé allumée dès le matin pour que le petit frère se tienne tranquille le temps que les adultes petit-déjeunent. C'est la mort d'une idole, une voiture encastrée sous un pont, une crise cardiaque banale ou alors l'absence d'un collègue, paraîtrait qu'il s'est fait agresser à la gare, pas vrai, il était tellement pété qu'il s'est cassé la gueule tout seul. Souvent aussi, c'est anecdotique – une rupture amou-reuse un nouveau couple un duo putatif une pseudo-tentative de suicide un barouf à l'internat.

On décide de n'y pas prêter attention. On prend de la hauteur. Du haut de notre montagne, on regarde tout ce petit peuple qui s'agite pour des motifs futiles et on est contents d'être un puits de science qui ne fraie qu'avec les nuages de la connaissance. On a une mon-tée d'ego surdimensionné. Qui retombe très vite quand le cours n'arrive pas à prendre parce qu'on ragote que Gauthier s'est fait un piercing où je pense, que

Clémence aurait passé le pas, enfin on se comprend, que les flics seraient venus chez Cédric, que madame Bollat s'est fait baffer par un élève.

On est obligé d'arrêter le cours. On fait : « Chut ! » On s'agace.
Ils n'en ont rien à cirer.

On apprend des nouvelles.
On est en train de gesticuler et de s'époumoner, on est persuadé de les tenir en haleine et puis ça frappe à la porte et c'est un surveillant la CPE ou la collègue d'à côté qui fait « psst » alors qu'on fait « chut ! ». On interrompt la logorrhée, on hausse les sourcils, on s'approche. On est mis au parfum. Une alerte incendie l'après-midi le décès du père d'un élève une inspection une mutation in extremis une maladie.

Depuis le milieu des années deux mille, en cours, il y a aussi le téléphone portable.
Le téléphone portable et les petits gestes qui n'existaient pas avant – début de cours, les élèves et leur enseignant esquissent tous les mêmes mouvements : tâter la poche de la veste, vérifier discrètement que le portable est éteint, sourire dans le vague à la fois pour s'excuser et pour bien faire comprendre qu'on suit les consignes à la lettre.

Le téléphone portable qu'on chope pendant que Mélanie est en train d'envoyer un SMS. On hurle, on est hors de soi, on parle de respect, mais tu te rends compte de ce que tu viens de faire là, et Mélanie craque finalement, elle veut s'excuser mais elle n'y parvient pas, alors elle lance : « Mais, monsieur, je me faisais même pas chier » – et on reste interdit devant le gouffre qui nous sépare, on mesure à quel point parfois le lien qui nous unit est ténu et illusoire.

On fulmine contre les addictions technologiques mais on leur demande de vérifier sur Internet. On est caustique quant au téléchargement de musique de séries de films mais on ne refuse pas l'offre d'un collègue qui propose de vous passer la copie de la dernière saison de *Dexter* parce que quand même hein bon faut pas exagérer sinon faut attendre trop longtemps ou avoir le câble. On peste contre les « nouvelles générations », ces téléphones qui font tout et envahissent l'espace scolaire, on se sent pousser des ailes lyriques, on développe, on bâtit un argumentaire imparable, et puis retentit la petite musique qu'on connaît bien – celle de son propre portable qu'on a oublié de désactiver. On rougit intensément mais on ne se laisse pas démonter. On coupe sèchement l'appel. On dit au temps pour moi et on reprend où on en était.

On est tranquillement en train de corriger un exercice avec le rétroprojecteur qui s'appelle R2D2 et pas encore Wall-E, on pense à ce qu'il faut qu'on achète au supermarché ce soir et puis toc toc toc discret, dans l'entrebâillement la secrétaire du proviseur, on pense merde mauvaise nouvelle, encore une inspection, mais il est déjà venu l'année dernière, et puis d'un seul coup, on la voit tout sourire et on sait. Et elle qui mime, qui fait des signes, viens laisse tout tomber c'est ta femme, ça y est elle a perdu les eaux – et là, la G229 disparaît, et tous ceux qui sont dedans avec. Quand on quitte la salle en laissant la porte ouverte, on entend le bruissement, le chuchotement, ça pouffe, ça rit sous cape – et c'est rudement content parce que, d'un coup, ça a une heure de libre inopinément.
Si c'est pas du bol, ça.

*Nous avons regardé un extrait de* Quatre mariages et un enterrement. *Nous baignons encore dans l'humour à l'anglaise, la décontraction de Hugh Grant, le charme de Kristin Scott Thomas, dont je suis secrètement amoureux depuis des années. Un sourire légèrement niais nous barre le visage.*

*Je distribue les fiches de compréhension – des exercices qui visent à clarifier les connaissances, noms des personnages, particularités, chronologie. Ils vont travailler par deux pendant un quart d'heure. C'est un moment agréable. Il fait très beau. L'année scolaire commence, mais l'été n'a pas encore dit son dernier mot. J'éjecte la cassette vidéo. J'éteins le lecteur – je dois passer brièvement sur le canal de la télévision avant de débrancher.*

*Surgissent des cris angoissés, des oh my god, des oh no, oh no, oh no. Encore une série ridicule probablement. Je lève la tête. Ils lèvent la tête en même temps que moi. Devant nous, devant moi, à quelques centimètres de mes yeux, un avion s'écrase dans la deuxième tour jumelle. Instantanément, le frisson – dans les épaules. Dans les jambes, au-dessus du genou. Je m'assieds sur la table occupée par Aline C. – mais je suis trop haut, encore trop haut, je retrouve ma* chaise. Mon regard n'a pas quitté un instant l'écran de la télé.

Les mots des journalistes. La valse des effarements. Le bandeau noir qui défile en bas de l'écran, avec les lettres qui s'inscrivent en blanc. Et la voix de Sébastien qui demande : « Qu'est-ce qui se passe, monsieur ? » Je n'ai pas de réponse. Je secoue la tête. Je ne parviens à prononcer aucune phrase. Tandis que les images repassent en boucle avec des ébauches d'explication, des réactions à chaud et des interrogations sur l'avenir, les mots m'ont déserté. Et du fin fond de ma mémoire remonte une mélodie, inexplicable. C'est Le Magicien d'Oz. Somewhere Over the Rainbow. Way up high. And the dreams that you dreamed of. Once in a lullaby.

C'est là que je vois le premier corps qui tombe.

J'entends un cri étouffé derrière. Des sanglots sans doute. L'image est fugitive. De nouveau, les vues de loin. Amélie a la voix cassée quand elle crie : « C'était quoi ça, monsieur ? » Je prends mon courage à deux mains. Je me force à me lever. Je suis de plomb. Je me déplie. Je touche la télécommande. J'éteins. Je leur fais face. Il règne un silence épais. Dehors aussi. Nous restons comme ça une minute, peut-être deux. Je passe d'un visage à l'autre. Je veux les mémoriser les uns après les autres. Tenter de les préserver de tout ce qui va survenir, maintenant. Les inscrire dans mes souvenirs et les faire vivre là, comme des braises, entretenant le feu intérieur pour les moments que nous allons tous traverser. Mathieu et Aline C. se tiennent la main, à droite du bureau, dans le second cercle du U.

*Je veux prendre la parole. Je me racle la gorge. Ils se tendent tous vers moi. Mais qu'est-ce que je peux dire ? Je ne peux pas les rassurer. Je ne peux pas les réconforter, leur expliquer que ce n'est que de la fiction, que tout ça n'est qu'un mauvais rêve. Je lève la main. Je la baisse. Et pendant tout ce temps-là,* Le Magicien d'Oz *gagne de l'ampleur à l'intérieur de mes oreilles, de mon visage, de mon corps tout entier. Une partie de moi s'est enfuie sur la route en briques jaunes et elle refuse de revenir – elle sautille sur les pavés disjoints et elle s'époumone. Elle ne veut pas entendre le fracas du monde.*

*Somewhere over the rainbow. High above the chimney tops. That's where you'll find me. C'est un cauchemar au ralenti.*

*Je rêve que les mots sortent enfin, mais la gorge est bloquée. La sonnerie retentit. Je murmure : « Vous pouvez y aller. » Le bruit des chaises sur les carreaux. Les chuchotements. Un enterrement. Aucun mariage. La porte qui s'ouvre. Dehors, la ouate d'un mois de septembre ensoleillé. Nous allons peut-être tous mourir. Nous allons peut-être tous nous défenestrer.*

*Je quitte la G229. Je passe voir la secrétaire du proviseur pour parler un peu, mais il n'y a personne. La télévision tourne à plein régime dans le bureau du proviseur adjoint. L'équipe administrative est là au grand complet, rivée à l'écran. Le monde s'est arrêté de tourner. Je descends les escaliers. Je suis seul. Je traverse la cour. Je suis seul. Je me retrouve sur le trottoir. Je suis seul. Je me mets à courir. Ma fille. Je veux être avec ma fille. Elle est à la maternelle. Je vais aller la chercher. Tout de suite. Je cours. Je cours pour échapper à la chanson. Je cours pour ne pas* passer de l'autre côté de l'arc-en-ciel. Je cours pour avoir encore des rêves à réaliser, des projets à mener à bien. Je cours pour sentir mon corps sur le bitume, mon corps qui court sur le bitume, mon corps qui ne s'écrase pas sur le bitume. Je cours. Je suis persuadé que je ne reviendrai jamais en arrière – que je ne rentrerai plus jamais en G229.

On se retrouve.

On habite une ville de soixante mille âmes – cent mille avec l'agglomération, se plaisent à rappeler les élus. Il y a un périmètre de rues commerçantes que les habitants aiment à arpenter le samedi après-midi. On s'y reconnaît. On s'y salue d'un hochement de tête. Parfois, on s'arrête et on échange quelques mots. Il y a des endroits stratégiques à éviter ou à fréquenter selon le désir de société qui nous anime. Deux librairies, une pizzeria, une poignée de bars qui ouvrent tard. On s'y donne des nouvelles. On y croise des étudiants pressés qui dénigrent leur ville d'origine, trop petite, trop cancanière, trop repliée sur elle-même alors qu'il y a la région, le pays, le monde, l'univers à découvrir. On acquiesce. On croise les mêmes, quelques années plus tard, fatigués mais pleins d'énergie, ils ont laissé tomber l'expansion géographique pour l'ascension sociale et économique, ils grimpent les échelons, ils parlent de réussite. On acquiesce encore. Les mêmes, après un lustre ou deux, enfants en bas âge, léger embonpoint, des cheveux blancs ou rares, un sourire – oui, on est revenus là, on sait que ça paraît bizarre, mais les parents vieillissent les enfants naissent les amis se sont dispersés finalement ici ou ailleurs. On acquiesce toujours.

Parfois, on se donne rendez-vous. On dîne ensemble dans la pizzeria. C'est un peu étrange au début, parce que, à un moment, on était des deux côtés du bureau, et maintenant il n'y a qu'une table entre nous – une table et les dix, quinze, vingt ans qui nous séparent. On se détend petit à petit. Ils arrêtent de nous parler comme à une personne âgée et fragile qui croupit en maison de retraite. Ils cessent d'articuler et de parler fort. Ils nous resservent du vin. Ils nous apprennent nos surnoms d'alors – que l'on connaît par cœur. Des anecdotes croustillantes qu'ils croient que nous ignorons. Et il y a toujours un moment où ils se passent la main sur le visage et où ils lancent : « Et alors, toi (parce qu'ils apprécient particulièrement ce tutoiement, enfin, après des années d'injustice où on les tutoyait alors qu'ils continuaient de nous vouvoyer), tu vas rester là jusqu'à la retraite ? Ça ne te pèse pas un peu, non ? » On sourit. On hausse les épaules. On ne répond pas. On ne parle pas des récentes recherches électroniques sur les évolutions de carrière. On a conscience que, pour eux, on est un menhir, anachronique et curieusement rassurant. On sait pertinemment qu'en rentrant chez eux ils diront à leur femme enfants amis : « Dis donc, j'ai vu B., il a pas trop changé, enfin à part qu'il a grossi, et puis je suis sûr qu'il se teint les cheveux, et puis tu sais quoi, il va rester au lycée jusqu'à la fin, c'est bizarre, hein, je pensais qu'il ferait autre chose après moi, mais finalement non. »

On se retrouve.

Parfois parce qu'on l'a bien cherché. Parce qu'on a une fiche sur Copains d'avant et aussi une page Facebook. Parce qu'on se rêve centre d'un réseau social alors qu'on est à la périphérie. Parce que soudain une chanson un texte une copie retrouvée une photo une réflexion des enfants et hop on bascule. Parfois aussi, plus troublant, un lapsus. On est en train de faire cours dans la G229, et on appelle Bastien Adrien ou Marion Élise, et ils te regardent avec inquiétude, est-ce que ça serait le début d'Alzheimer ? Ils murmurent qu'ils ne s'appellent pas comme ça, ils toussotent, on rosit, on répond « Bien sûr, bien sûr » et on reprend en appelant Bastien Bastien et Marion Marion, parce qu'ils ne peuvent pas savoir à quel point ils ressemblent à d'autres élèves, qui étaient là avant eux, leurs mimiques, leurs gestes, l'intonation de leur voix, et même souvent la place, la même place dans le U, c'est troublant alors la mémoire ouvre ses chausse-trappes et on plonge dedans. L'image d'Adrien ou d'Élise flotte quelques minutes, indécise, rieuse et puis le cours reprend son cours, on entend la voix enregistrée sur le CD, Ève Ames folded her hands in her lap, et c'est fini. Ils reviennent tous à nos moutons et on est le seul à battre encore la campagne, une campagne peuplée et pourtant déserte. On soupire. On se dit qu'on vieillit.

On vieillit.

On le sent dans les jambes en grimpant les escaliers qui mènent au deuxième étage, dans le manque de souffle dans le feu de l'action, dans l'agacement qui monte et dans cette impression qu'on a d'avoir déjà expliqué tel ou tel point des centaines de fois, dans la phrase qui traverse l'esprit à ce moment-là, mais c'est pas vrai qu'ils n'ont toujours pas compris après toutes ces années ?

Septembre. Premier cours. Toujours le même cinéma. À la fin de la séance, une gamine de quinze ans vient tout émoustillée au bureau, elle dit que sa maman me donne le bonjour. On a l'habitude. On a toujours les fils de collègues, les filles d'anciens cama- rades de classe, les enfants des commerçants des élus locaux des bibliothécaires. On est connu comme le loup blanc. On prend un bon sourire pour répondre : « Ah ? » et la gamine trépigne d'impatience, alors on a pitié d'elle et on demande : « Je la connais ? », ce qui est hautement ridicule vu la situation. Et la gamine qui éructe : « Oui, elle vous a eu en cours, en seconde, ça faisait pas longtemps que vous étiez prof. » Elle s'en va, rayonnante, à moitié consciente d'avoir décoché une flèche empoisonnée. On s'en remet mal.

On est obligé de quitter la G229. On se réfugie dans la salle des profs, coin machine à café et fauteuils qui n'ont pas changé depuis l'ouverture de l'établissement. La machine invite doucereusement à s'offrir un moment de détente, et on lui obéit parce qu'on en a bien besoin. C'est la semaine de la rentrée, il y a beaucoup de monde, ça bruisse, ça s'affaire, ça peste contre la photocopieuse. Toutes les matières défilent, un ballet d'espagnol, de maths, d'histoire, d'anglais, de physique, d'allemand, d'EPS et de lettres.

Et c'est là qu'on s'en rend compte.
De leurs têtes, à tous.
Des rides qui se sont creusées. Des corps qui se sont affaissés.
De la tête des autres.
Ceux qui ont remplacé les retraités les mutés les morts.

Jeanne prend un café au distributeur. Elle se retourne et me sourit et je peux presque voir se superposer le visage qu'elle avait quand je suis arrivé dans ce lycée, il y a vingt ans. Ses enfants étaient encore jeunes. Nous avons fait des soirées ensemble. Je la revois, montée sur une chaise, en train de mimer les acteurs tragiques du XIXe.

Denise s'assied à côté de moi. Elle me demande si j'ai passé un bon week-end. Je réponds en pilote automatique. Tout ce que je vois, ce sont les années que nous avons passées, tout près l'un de l'autre, sans jamais avoir été vraiment proches. Des trajets en voiture jusqu'à Reims, et l'autoroute au petit matin, propice aux confidences. Des nuits de juin pour fêter les vacances, agréables, presque douillettes, sur sa terrasse de poche, à l'arrière de la maison.

Il n'y a que Marie qui ne change pas. C'est un mystère. Le temps coule sur elle et ne laisse aucune trace.

Des relations de travail. Je ne sais pas encore aujourd'hui ce que ça recoupe. Il y a des collègues que je côtoie depuis si longtemps que j'ai l'impression de les connaître par cœur – simplement, je ne sais pas si c'est vrai ou pas. Ce qui est sûr, c'est que je peux dire s'ils prennent des cafés, court long sucré non sucré cappuccino noisette, que je peux donner le nom de leurs enfants, leurs âges et ce qu'ils deviennent. Que je peux reproduire leurs tics de langage, leurs tics corporels aussi. Est-ce que c'est de l'amitié, ça ? Est-ce que c'est de l'intimité ?

Il y a des moments de bascule, dans les salles des profs. Des instants de craquage, légers ou violents, des désespoirs fulgurants, des éclats de rire tonitruants, des sarcasmes, des épaules que l'on serre, des mains que l'on touche – et l'ensemble crée un tableau mouvant dans lequel on s'intègre, homme à chapeau sur le bord d'une rivière, passant dans une rue parisienne du début du siècle, bouffon grotesque de Bruegel un jour de liesse. Mais nous ne savons pas qui tient le pinceau – nous ne savons pas à quelle école nous appartenons.

Jeudi soir, Marie-Claire vient garder mes filles. J'ai deux conseils de classe et ma femme finit tard également. Je peux compter sur Marie-Claire. Elle est à la retraite depuis deux ans. Elle peuple sa vie d'origami et d'ikebana en attendant que ses enfants fassent des

enfants. C'est elle qui m'a accueilli dans cet établissement, la première fois. Elle est vite devenue ma réfé-
rence, mon livre du maître. Et maintenant, elle n'est
plus là – comme quantité d'autres qui m'ont accompa-
gné, qui sont venus à mon mariage, à la clinique pour
la naissance de mes deux filles, à la fête organisée pour
mes quarante ans. Tous ces gens que j'ai croisés quo-
tidiennement pendant des années et qui se retirent sur
la pointe des pieds. Je voudrais écrire leur histoire. La
croiser à la mienne. Notre vieillissement. Et surtout,
notre vie.

Parce qu'avant tout, dans un lycée, on vit.

*C'est venu à ce moment-là.*

*J'étais assis dans ce café qui s'appelait Le Galaxie et qui était situé à une centaine de mètres du lycée. J'étais en première. Une première littéraire que tout le monde dénigrait déjà – il y a plus de trente ans maintenant que le scientifique tient le haut du pavé et que les littéraires sont regardés avec un mélange de commisération et de mépris, on se demande bien ce qu'ils pourraient faire après, les littéraires, perpétuels inadaptés à la société dans laquelle on vit, incapables de calculer, de vendre, d'acheter, de revendre, de trader, de sauver le monde, de guérir des patients créer des machines commercialiser un produit s'en mettre plein les poches améliorer le PIB le PNB ou au moins réparer des dents.*

*Il était six heures du soir. C'était l'hiver. La nuit était tombée. Les voitures filaient vers des appartements vétustes des maisons bourgeoises des pavillons en aggloméré. Autour de moi, il y avait cette bande que j'aurais aimé appeler ma bande, mais qui n'était pas la mienne – je n'en étais qu'un élément, une particule, certainement pas le moteur. D'autres savaient faire rire, mimer les profs, enjoliver les anecdotes de la* journée, jouer de la guitare, gueuler dans les bars, apostropher les serveurs les filles le proviseur. Je me souviens de l'odeur de l'écharpe de Sophie, à côté de moi – une étoffe simili-indienne qui semblait avoir infusé dans le patchouli.

La musique n'était pas numérisée téléchargée désincarnée – on ne la payait pas par carte bancaire. Il fallait glisser des pièces dans le juke-box, appuyer sur les touches, réitérer l'action parce que la machine était vieille et qu'elle ne marchait jamais du premier coup – et puis après revenir à sa table, les sourcils levés, refusant de donner une quelconque indication aux autres qui devaient deviner dès les premières notes de quel morceau il s'agissait.

C'est quelqu'un d'un autre groupe qui a choisi le Talk of the Town des Pretenders. Personne, autour de moi, ne s'en souciait. La conversation roulait, animée.

Les éclats de voix – des voix jeunes, des voix qui se cherchent encore, des voix dont l'énergie cache mal le manque d'expérience. Les bruits habituels du café – la cuillère qui tinte, les verres qui s'entrechoquent sur le comptoir, le son répétitif du flipper. L'odeur du patchouli. Le timbre de Chrissie Hynde. L'obscurité dehors – et les phares qui glissent sur la rue mouillée.

Je me suis dit que je ne voulais jamais quitter ça. Cette parcelle du temps pendant laquelle j'avais découvert que l'existence pouvait offrir autre chose que des balades à vélo le dimanche, des émissions de télé le mercredi et l'ennui en bandoulière. Je voulais rester là, à jamais. Coincé sur la banquette en Skaï du Galaxie, la nuque contre la baie vitrée, les yeux à demi fermés. Ma place dans le monde. Je savais que c'était *impossible, mais je peux être terriblement têtu. J'ai essayé quand même.*

*Bien sûr, j'ai fait mine.*
*J'ai prétendu que je voulais faire le tour du monde. Je suis même allé voir des pays lointains, histoire de me donner bonne conscience et de jeter négligemment au détour d'une conversation que j'avais déjà visité l'Amérique du Sud du Nord le sous-continent indien. J'ai aussi clamé que je voulais prolonger l'expérience, que je désirais vivre aux antipodes, dans un lieu moins fermé que l'environnement dans lequel j'avais grandi. En mon for intérieur, je savais que ce n'était que des conneries. Le lieu où je voulais exister était un temps. Pour y retourner, pour y poser mes valises et m'y enraciner, j'avais deux choix – écrire ou enseigner. Enseigner parce qu'il y aurait toujours devant moi des représentants de la caste temporelle que je rêvais d'annexer, des adolescents plus ou moins sympathiques, plus ou moins rebelles, plus ou moins niais, plus ou moins amoureux malheureux chaleureux distants râleurs mal lunés. Écrire parce que je pouvais le recréer, le temps – le teinter de mes couleurs, en devenir même le centre le président le roi le chef de bande.*

*Quelle vanité.*

On vit.

Huit heures vingt.

On est penché sur leurs cahiers. Ils font un exercice sur les temps du passé. On reprend les explications. Il y a de la rébellion dans l'air, le present perfect for ou since, ils n'en ont rien à battre, c'est rigolo un moment et puis après ça saoule, on entend des soupirs et soudain comme un bruit de soie. Il y en a un qui lève les yeux, fronce les sourcils et me cherche du regard. Un élève qui vous cherche du regard, qu'on le veuille ou non, c'est un bond dans la cage thoracique – il y a toujours un côté Brigitte Fossey en train de crier « Michel Michel » dans une gare bondée, un côté orphelin du Cambodge sur les panneaux publicitaires de Médecins du monde. On s'approche. Il pousse sa feuille vers vous, il ne parle pas du tout mais son geste signifie : c'est juste pour vérifier monsieur je suis sûr que c'est tout pourri et nul. Et là, tout est bon.

Le moment où tu croises ses yeux, putain.

Tu pourras dire ce que tu veux, cracher sur le métier les bons sentiments la démagogie les prêchi-prêcha les gnagnagna les Philippe Mérieux les évaluations forma-tives ; tu pourras manier l'ironie et le sarcasme, mimer le « cassé », arborer un sourire mauvais, lancer des piques des traits des flèches – tu ne changeras pas la réalité de ce regard, de ce qu'il signifie, de ce qu'il fait naître en toi de fierté et d'émotion pure. Tu ne changeras pas le fait que c'est pour des moments comme celui-là – et peut-être uniquement pour eux – que tu t'es installé un jour à un bureau, devant trois examinateurs perplexes, et que tu as parlé de la forme interrogative chez Shakespeare en te demandant ce que tu pouvais bien raconter. C'est pour ça que tu as renoncé à l'Équateur aux tropiques aux antipodes. C'est pour ça que tu ne parviens pas à le regretter, encore maintenant.

Neuf heures quarante-cinq.

Récré de dix heures alors qu'il n'est pas dix heures et qu'il ne sera jamais dix heures puisqu'on reprend à neuf heures cinquante-cinq.

J'hésite à quitter la G229, parce que, le temps de descendre les escaliers, de fendre la foule des élèves amassés dans les couloirs trop étroits et de faire la queue à la machine à café, la deuxième sonnerie retentira avant que j'aie pu récupérer mon gobelet en plastique et je serai obligé de me brûler la langue en quatrième vitesse. Je me décide quand même. J'ai à peine fait trois pas qu'arrive Rémy, qui sifflote. Rémy est surveillant – pardon, assistant d'éducation – dans le lycée cette année. Il était élève ici même il y a trois ans. Je l'ai eu en première et en terminale. Il est aussi baby-sitter à l'occasion. Il arrondit ses fins de mois. Il est déjà venu garder mes filles, à un moment où ma femme n'habitait presque plus à la maison, et où je n'allais pas très bien. Nous nous sourions. Nous nous regardons. Nous ne nous parlons presque pas. Nous savons beaucoup de choses l'un de l'autre. Son image me suit tandis que je descends prendre ma ration quotidienne de caféine.

Dix heures trente. Je suis dedans. Je suis complètement dedans. C'est à cause de Willa Cacher. Du chapitre 14 de la première partie de *My Ántonia*. Nous ne savons pas si le père de l'héroïne s'est suicidé ou s'il s'est fait tuer. Nous débattons. Nous ne sommes pas d'accord. Je penche pour une troisième option : je crois qu'il s'est sacrifié pour que sa famille survive. Et pendant qu'ils parlent et que j'interviens, je pense à mes enfants. L'aînée doit se faire greffer un tympan dans l'oreille gauche, nous l'avons appris mardi soir, elle a pleuré pendant deux heures, je ne savais pas comment la consoler, je donnerais tout, les livres que j'ai écrits, les succès aux concours, et même la clé de la G229 pour qu'elle n'ait jamais eu de problèmes auditifs. Je me mords les lèvres. Je me concentre sur monsieur Shimerda, le père suicidé d'Ántonia. Je me demande ce que j'aurais fait à sa place.

Onze heures trente. J'ai faim. On a tous faim. On entend les estomacs qui se manifestent et cela trouble le cours. Morgan a le hoquet – ça ajoute encore à la distraction. Il faut dire que le document que j'ai choisi n'est pas génial non plus. Je ne sais pas ce qui m'a pris de vouloir les faire parler de l'Australie, alors que le pays ne m'attire pas et que mes connaissances se limitent à une chanson de Midnight Oil, la photo d'Avers Rock, deux ou trois films dont *Priscilla, folle du désert* et des stéréotypes genre les kangourous et les aborigènes qui jouent de cet instrument bizarroïde dont on ne retient jamais le nom.

À l'intérieur du U, il y a Ella. Vive, curieuse, tout le portrait de sa mère quand elle avait le même âge.

Un jour, sa mère et moi, nous avons traversé la ville à cinq heures du matin. Nous étions à une soirée à l'autre bout de l'agglomération et nous avions décidé de rentrer à pied. Nous avons remonté l'avenue Gallieni. C'était la première fois que je m'aventurais dans ce coin-là. Je n'avais rien ressenti de particulier. Je n'avais pas prévu que, dix ans plus tard, j'allais enseigner à deux pas de là, que quinze ans plus tard j'allais emménager juste à côté – que ma vie consisterait à monter et à descendre l'avenue Gallieni au bas mot six fois par jour.

Midi trente. Les conversations partent dans tous les sens, il y a du monde partout, dans la salle des profs, au CDI, à la cantine, des voix qui résonnent saturent vrillent – je cherche un endroit où me reposer. Je retourne dans ma salle. Je tente des exercices de qi gong que j'ai chopés sur une chaîne locale l'autre nuit, en pleine crise d'insomnie. Se frotter les ailes du nez. Se masser les tempes le menton les joues les paupières, c'est malin, maintenant j'ai des papillons noirs devant les yeux. Un coup d'œil par les fenêtres. Les arbres rabougris. L'avenue Général-Leclerc. Plus loin, la ville. Je passe mon temps dans un lieu isolé du reste du monde. Je passe mon temps en cellule d'isolement. C'est quand même curieux que l'isolement soit à ce point peuplé. Je ferme les yeux. Un murmure. Je les rouvre, surpris. Il n'y a personne dans la salle. Je secoue la tête. J'ai dû rêver.

Quatorze heures quinze. Je suis appuyé contre le mur du fond, à côté de l'armoire. Je surveille un contrôle. En fait, je ne surveille rien. J'erre mentalement. La liste des courses pour demain. Le rendez-vous chez le dentiste pour la cadette, j'espère qu'elle ne sera pas obligée de porter un appareil, c'est nouveau ça, tous les gamins portent des appareils, et plus tard, ils ont tous un sourire éclatant de pub pour dentifrice, c'est sans doute mieux pour eux, mais c'est bizarre quand même, moi, une des choses que je préfère chez moi, c'est ma dent de travers sur la rangée du bas, mais non, maintenant, il faut que tout soit nickel chrome zéro défaut bien rasé sur les côtés, c'est étrange, je me demande ce que vont devenir les romans les films nos fictions toutes nos fictions. Le murmure de nouveau. Je sursaute. Charlotte à côté de moi me lance un regard inquiet. Je fronce les sourcils. Je cherche ceux qui pompent et qui se chuchotent les réponses. Je fais le tour de la G229. Rien d'anormal. Le murmure reprend. Plusieurs voix. Des mots incompréhensibles. C'est doux. C'est triste. J'ai le sang qui se glace. Je me demande si je suis en train de basculer dans la folie.

Non, ce doit être les oreilles, pas possible autrement. Ce doit être de ces maladies décalées, dérèglement de l'oreille interne, acouphènes, vertiges, sifflement persistant, il faut que je consulte, qu'est-ce que je peux consulter, moi qui n'ai pas vu de médecin pendant vingt ans, là, d'un coup, ça se multiplie, à tel point que ça fait peur, je me demande quel vieux je vais devenir, peut-être que je ne vais pas devenir vieux après tout, mes parents sont morts quand ils avaient cinquante ans, je n'en suis pas si loin.

Putain de murmure.

J'ai dû marmonner parce que plusieurs élèves lèvent la tête. Il faut que je me contrôle. Cette fois-ci, je rassure d'un sourire. J'entends la voix de Denise dans la salle d'à côté. La escena se desarrolla… De l'espagnol. À un moment de ma vie, je pensais unir les trois – français, anglais, espagnol – et obtenir un poste en Équateur. À la place, j'ai obtenu un poste en G229. Je me demande si un double de moi continue sa vie, à Cuenca. Je me demande comment vit celui que j'aurais pu être.

Sonnerie. Je ramasse les copies. Je réponds aux ultimes questions. Je menace d'un zéro si on ne rend pas la feuille tout de suite maintenant. Je fais mine, encore. Parce qu'à l'intérieur c'est moi qui suis miné. Par le murmure qui s'étend. Je suis atterré. Je me demande si ma dernière heure est arrivée.

Je sors. Je vais fumer une cigarette à la petite grille. J'écoute. Les confidences des uns et des autres. Le groupe des adultes – agents, profs, surveillants, tous persuadés qu'ils vont arrêter bientôt de fumer, tous conscients que c'est bien trop tard, ou bien trop impossible, on crèvera d'un cancer du poumon à moins que l'environnement ne s'y mette, couche d'ozone, tremblement de terre, tsunami – non, pas tsunami, on est bien trop loin de la mer. Le groupe des élèves, tous persuadés qu'ils vont avoir une interro un claquot deux heures de colle. Le groupe des adultes, projets de soirées apéros vidéos enfants repas sur le pouce restaurant au centre-ville. Le groupe des élèves musique danse alcool tête à l'envers dimanche matin chagrin dissert à finir.

D'habitude, je tiens mon rôle, mais là, je suis à côté. Le murmure est toujours là. J'arrête de lutter. Je lui laisse de la place. Des mots émergent, ils ne font pas sens. Des voix qui se mélangent et qui laissent échapper des morceaux de phrase, « trop bizarre » « parle de » « fils de personne » « maison de village », un éclat de rire – je le reconnais, mais je ne veux pas le reconnaître.

Ma dernière heure est arrivée.

Premières L. Extrait de Paul Auster. Les derniers jours de Kafka dans *Brooklyn Follies*. Kafka rencontre dans un square une petite fille qui a perdu sa poupée et qui pleure. Il invente sur-le-champ une histoire. Il brode. Il dit que la poupée n'est pas perdue, elle est partie en voyage, il le sait parce qu'elle lui écrit des lettres. Et les jours suivants, Kafka compose les lettres de la poupée, qui raconte sa vie, qui se fait de nouveaux amis. La petite fille ne pleure plus, elle est captivée. Quelques jours après, la poupée fait ses adieux à la petite fille parce qu'elle va se marier, elle n'oublie pas sa chère et tendre amie, mais elle a besoin de vivre sa nouvelle vie avec son amoureux. La petite fille n'est plus triste parce qu'elle a une histoire. Et quand on a la chance de vivre dans une histoire, alors les drames et les douleurs du monde extérieur s'émoussent et parfois s'effacent.

Je relève la tête. Ils sont tous tournés vers moi. Je voudrais leur raconter une histoire. Une histoire dans laquelle ils seraient tous. Parce que ce qu'ils vont traverser dans les années à venir ne sera pas toujours une sinécure. Parce que leur manquera le calfeutré, l'étouffé des murs du lycée. Parce qu'ils auront besoin de protection et que nous ne serons plus là. Parce que ce n'est pas notre rôle. Tout ce que nous pouvons donner, ce sont des guirlandes électriques de mots, qui s'allument, qui s'éteignent, celles qu'on trouve sur les sapins de Noël bon marché.

Le murmure s'est tu. Le murmure m'a laissé dériver.

Abigaëlle est émue. Elle demande si c'est vrai comme histoire. Je hausse les épaules. Je réponds que je n'en sais rien. Que ce n'est pas le problème. Le problème, c'est le pouvoir de la fiction. Créer un espace communicant. Un lieu dans lequel on se retrouve, on s'entasse, on se tient les coudes. Guillaume ironise : « Comme le métro ? » Simon rebondit : « Une tranchée ? », Nicolas enchaîne : « Un bunker ? » L'instant passe. Je ne sais plus où j'en suis dans le cours.

Le murmure a repris. C'est un matelas de voix qui rebondissent. Et de temps à autre, il y en a une, plus claire. Je ne veux pas l'écouter.

Seize heures quarante-cinq. Mon sac sur le dos. Je n'ai jamais pu me résoudre au cartable brun ou noir que l'on tient à bout de bras. D'autant que la taille dudit cartable doit déjà être respectable pour pouvoir contenir les dizaines de photocopies, les cinq pochettes cartonnées bourrées à craquer, les quatre manuels et le bordel inhérent à tout enseignant, qui va s'accumulant avec les semaines – paquets de chewing-gums vides écrasés, papiers administratifs froissés, morceaux de règle en plastique cassée, agenda défoncé – c'est tout bonnement impossible. Alors j'ai opté pour le sac à dos, comme un gamin de CM2.

C'est le défilé des parents qui viennent chercher leur progéniture. La litanie des questions, alors comment s'est passée ta journée ? Et le contrôle de maths, ça a été ? T'as eu des notes aujourd'hui ? Qu'est-ce que vous avez mangé à la cantine ? Encore des pâtes ! Merde ! Moi aussi j'ai prévu des pâtes, ah ben tant pis, t'auras deux fois la même chose, oui je sais que ça ne te dérange pas.

J'attends qu'ils aient tous quitté les lieux. Je ne veux pas attendre au feu rouge de l'avenue Gallieni pendant des heures en écoutant la radio. Je ne veux pas de bruit, ce soir. Je suis attentif. Le murmure est encore là, mais il s'est apaisé. Je sens sa présence, dans le pavillon de l'oreille gauche. Je suis fataliste. Je me fais une raison.

J'en suis venu à la conclusion – bâclée et contraire à la médecine la plus élémentaire – qu'il me suivra jusqu'à la fin de ma vie et qu'il n'y a rien que je puisse y faire. Sinon ne pas en parler – parce que autrement c'est l'enchaînement ORL, IRM et consultation psychiatrique, alors on se prend pour Jeanne d'Arc, mon vieux ? Ah l'enseignement, ça attaque, hein ?

La dernière voiture disparaît au coin du parking. Je déverrouille les portes. C'est à ce moment-là que la voix se détache du fond sonore, calme et posée.

« Le temps passe, il l'a presque oubliée. Il vit sa vie, c'est pourquoi c'est un tel choc pour lui de la voir de nouveau, après si longtemps. »

Elle parle d'un livre qu'elle vient de lire. Elle est devant le tableau, souriante, presque détendue (presque, parce qu'il reste quand même un rictus nerveux, sur la joue droite, de temps à autre). C'est l'un de ces exercices de prise de parole en continu qu'ils détestent et que nous, de l'autre côté du bureau, nous affectionnons particulièrement. Ton film préféré. Le livre que tu viens de lire. La nouvelle qui t'a choqué(e) dans les dernières semaines. Nous enrobons les choses. Nous racontons qu'il n'y a que lorsque l'expression devient vraiment personnelle qu'elle s'enrichit. Nous dissertons sur le sens d'« expression orale », nous prétendons que l'expression orale ne s'est développée que pour répondre au besoin de partager des expériences. En fait, nous sommes seulement curieux et vampiriques – à l'affût de la nouveauté, de la passion, de l'originalité, de la personnalité, de ce qui va venir battre en brèche les représentations que nous avons d'eux. Nous sommes indécents – mais nous cherchons le lien, et quand on cherche le lien, on ne peut être qu'indécent.

151

Elle n'a pas renâclé. Elle a dû préparer son intervention à la fois rapidement et sérieusement. Elle a de la famille en Angleterre à qui elle rend visite régulièrement. Elle aime bien cette langue. Elle a pour elle une vraie réalité, détachée des chansons et des versions originales des séries télévisées. Elle a décidé de parler d'un livre. Je ne me souviens plus ni du titre ni de l'auteur.

Je ne me souviens que de son visage et de sa silhouette, légèrement bancale, derrière le bureau. Le ciel s'assombrit. C'est la dernière heure de la journée. Une phrase se détache. Time flics, he has almost forgotten her. He leads his own life. That's why it is such a shock for him to see her again, after such a long time.

Je m'assieds dans la Twingo. Les mains à dix heures dix sur le volant. Les yeux fixés sur les bâtiments E et L. Le grillage autour du campus. *Et puis le temps passe et voilà.* Je souris crânement au vide. J'incline légèrement la tête. Je salue Sara, imperceptiblement. Je salue Sara, et aussi Julie, son frère Guillaume, et puis aussi Benoît et Alexandre qui jouaient au base-ball sur un lac gelé, il y a deux ans, quand la glace a craqué.

Je vais le faire, Sara. Bien sûr, je vais le faire. Mais attends encore un peu. Je profite du moment où tu es là. Juste nous deux. Je n'ai pas besoin de fermer les yeux. Grands ouverts, je m'y retrouve mieux. Nous sommes en 1995. Fin de février. Les jours commencent à rallonger mais la nuit n'a pas encore dit son dernier mot. Je me suis assis à ta place, et toi, derrière le bureau, tu parles de ce roman, je note de toutes petites choses, légers défauts de prononciation, erreurs de lexique, et toi tu continues, imperturbable, tu dis : « Le temps passe, il l'a presque oubliée, il vit sa vie, c'est pourquoi c'est un tel choc pour lui de la voir de nouveau, après si longtemps. »

C'est le mois de juin. Le lycée s'endort tranquillement dans la torpeur estivale. Les profs se réunissent, se répartissent les classes, les groupes, les emplois du temps, échangent des préparations, des textes, des tuyaux. Les élèves révisent, planchent, soupirent, pleurent, s'excitent. Le bac et tout son décorum. Le journal local dépêche un photographe pour l'épreuve de philo et sur la première page du journal, le lendemain, la G229 s'étale.

Les examens terminés, les élèves se retrouvent dans des bars des restaurants des pavillons de l'agglomération pour fêter ça, ils boivent, ils fument, ils s'aspergent avec les tuyaux d'arrosage, ils crient, ils laissent sortir tout ce qui doit sortir, trois ans d'attente, de frustrations, de peur, de rires. Certains partent en grappes, à la campagne, à la mer, à des festivals de musique.

Les épreuves terminées, les profs se retrouvent dans des bars des restaurants des pavillons de l'agglomération pour fêter ça, ils boivent, ils fument, ils organisent des barbecues, ils s'échauffent, ils se lancent des piques des vannes des compliments, les mutés ont la larme à l'œil, les non-mutés aussi, la vieille garde se mêle aux jeunes promus, à un moment donné, *quelqu'un dit : « Encore une de finie » et laisse errer son regard vers le jardin, il y a un espace vide qu'on a du mal à combler. Alors on parle de projets de vacances, de départs en grappes à la campagne, à la mer, jamais à des festivals de musique.*

*Ils partent en voiture, aux Eurockéennes de Belfort. Ils sont quatre. Ils écoutent des cassettes en boucle sur le trajet. Ils passent trois jours dans une ambiance surchauffée, ils plantent leur tente dans le sol desséché, ils errent, de concert en concert, de groupe en groupe. Ils entendent les succès d'hier, les succès du moment et même ceux d'après-demain. Ce sont leurs premiers jours de liberté, un avant-goût de ce que sera l'université, l'arrivée dans l'âge adulte, dix-neuf ans vingt ans bientôt vingt-cinq, trente. Ils se posent des questions, ils ne les formulent pas, les concerts sont faits pour ça, pour empêcher de formuler – le volume de la musique parasite la pensée, c'est tout ce qu'ils cherchent. Le quatrième jour, ils rangent les piquets, les sardines, les toiles – les résultats de l'examen sont le lendemain. Ils pensent à l'oral de rattrapage, ils prient pour ne pas avoir à subir ça, pour l'avoir du premier coup. Ils prennent la route au matin, le trajet doit durer trois heures et demie.*

*Sur le siège avant, elle pense à son lit qui l'attend. Elle se sent sale. Elle sourit en pensant qu'elle va prendre une douche, avant de se recoucher. Son père voudra qu'elle lui raconte les concerts, mais finalement il attendra. Il sera juste content qu'elle soit de retour, il ravalera ses plaintes – elle part dans deux mois continuer ses études dans une autre ville, il ne veut pas gâcher les derniers moments qu'ils passent. Encore à la maison, tous les quatre, eux, son frère et elle.*

Elle est épuisée. Le ronronnement du moteur l'endort. Avant de sombrer dans le sommeil, elle jette un coup d'œil à Charles. C'est son amoureux. Elle ne l'aurait jamais cru. Des années comme ça, à se côtoyer, et puis finalement, il y a six mois, au sortir d'une soirée, cette évidence. Un morceau de route à faire ensemble. Elle a une brève pensée pour celui d'avant Charles, Benoît. Ça lui donne envie de rire, ils n'ont tellement rien en commun. Elle hausse imperceptiblement les épaules – il reste tellement de choses à découvrir.

À l'horloge de la voiture, les chiffres en cristaux liquides indiquent neuf heures quarante-cinq. Ils seront bientôt rendus. Charles se détend. La fatigue des trois derniers jours s'abat sur lui tout à coup. Il tourne la tête, Sara dort. Sa tête à elle à quelques centimètres de son épaule à lui. C'est la dernière image qu'il aura d'elle. Pour sa vie entière.

Le proviseur a téléphoné, en début d'après-midi. Je lisais un roman. J'avais trente et un ans. Je me posais des questions. Des questions qui me tenaient éveillé une partie de la nuit. Tous mes amis semblaient trouver leur chemin – ils tombaient amoureux, achetaient des appartements, deux chambres, trois chambres, pour la suite des événements. Je me demandais si moi, mon destin, c'était juste de faire cours. Si j'étais né pour ça, un point c'est tout.

D'un seul coup, les interrogations ont été balayées. La voiture avait fait des tonneaux. Le conducteur était légèrement blessé. Les passagers, à l'arrière, n'avaient pas survécu. À la place du mort, il y avait une morte.

*On ne fait pas des enfants pour qu'ils meurent avant nous. On n'enseigne pas à des élèves pour les voir disparaître. Il y a la douleur béante des parents, une douleur qu'ils font semblant de colmater année après année, parce que dériver n'est pas possible, il y a un petit frère qui doit grandir, qui doit trouver sa voie, qui doit lui-même devenir père. Sans commune mesure, décalée, ténue et pourtant persistante, il y a cette griffure dans la réalité des profs, une entaille profonde dans la confiance, dans les fondements mêmes du lien qui nous unit – nous voulons pour eux qu'ils soient ce que nous ne sommes pas parvenus à être, immortels.*

Voilà. Nous sommes en février. Un lundi. Cette année, le lundi, je termine à treize heures cinquante. Je suis en attente. Dans deux heures, je vais chercher ma fille aînée au collège. Elle a le nez qui coule et la tête dans un étau. J'espère qu'elle aura tenu le coup, toute la journée. Ensuite, ce sera le tour de la cadette, à l'école primaire. Ce soir, nous sommes tous les trois, ma femme travaille loin d'ici et ne rentre que le mardi soir. Je n'aime pas ces soirées-là. J'ai tout le temps peur. Peur qu'il leur arrive quelque chose. Peur qu'il m'arrive quelque chose et qu'elles soient désemparées. Je vais encore me coucher tard, au-delà de minuit, la nuit me semblera plus courte. Demain matin, une fois la machine mise en route, tout ira mieux. Il y aura bien des soupirs, des « j'ai envie de dormir », des « je veux pas y aller aujourd'hui » – il y en aura même de mon côté, même si je me garderai bien de les exprimer. Et puis après, l'énergie nous portera. Une fois la porte de la maison refermée, nous reprendrons nos histoires res-pectives, peuplées de Pokémon pour la plus petite, de collégiens qui montent un groupe de rock pour l'autre, de lycéens assis dans une salle disposée en U pour moi.

J'entrerai dans la G229.
Je poserai mon sac sur le bureau.

La moitié de son contenu glissera dangereusement, prête à se déverser sur le carrelage.

Je dirai : « Bon, on y va ?

Et on ira.

Où que ce soit, on ira.

Achevé d'imprimer en Espagne
par Liberduplex
en décembre 2011

POCKET - 12, avenue d'Italie - 75627 Paris Cedex 13

N° d'impression : 26656
Dépôt légal : janvier 2012
S21914/01